KB018722

진실의 조각

진실의 조각

임동일
소설집

청색종이

진실의 조각

임동일 소설집

진실의 조각

1.

귓전을 때리는 빗소리에 놀라서 잠에서 깨어났다.

푸른 습기가 가득한 방안이 낯설어서 내가 있어야 할 곳은 꿈속이어야 한다는 생각마저 들었다. 조금 전까지 꿈속 어딘가에 있었고 빗소리 때문에 깨지 않았다면 아직도 그곳에 머물러 있을 것이다. 그런데 예기치 못한 상황으로 인해서 현실로 돌아온 것이니, 그런 생각이 드는 건 자연스러운 일 같았다.

끝맺지 못한 꿈속 이야기가 뇌리를 맴돌았지만 어떤 꿈이었는지 생각나지 않았다. 현실이라고 믿었을 꿈과 낯설게 느껴지는 현실 사이의 괴리감에 당혹감을 느끼며 기억하려는 행위를 멈추었다. 무거워진 몸을 일으켜 창가로 다가갔다. 그리고 닫힌 커튼을 들추었다. 순간, 쏟아지는 햇살이 미간을 찌푸리게 했다.

꿈속 어딘가에서 표류하는 내 감각을 깨운 것은 빗소리였다. 하지만 비가 내린 흔적은 어디에도 없었다. 착각인지 아니면 지각능력에 이상이라도 생긴 것인지 도무지 알 수 없는 일이었다.

뜨거운 물이 가득 찬 욕조에 몸을 담그면 기분이 나아질지도 모른다는 생각이 들어 욕실로 향했다. 욕조에 물을 받다 순간적으로 몸을 낮춰 바닥에 최대한 밀착시켰는데, 방안에 누군가 있다는 사실을 알았기 때문이다. 인기척은 없었다. 하지만 무심결에 바라본 거울에 낯선 남자의 얼굴이 보였다. 내가 모르는 얼굴이었다.

'도대체 누굴까? 어떻게 들어온 거지?'

누군가 방안에 몰래 들어왔다면 내가 깊은 잠에 빠져 있을 때였을 것이고, 어딘가에 숨어서 나를 지켜보았을 것이다. 그렇다면 지금의 내 행동도 한낱 조롱거리로밖에 여겨지지 않을지도 모른다.

생각이 여기에 이르자 온몸에 가시 돋듯 소름이 밀려왔다.

나는 욕실 바닥에 주저앉은 자세로 살며시 욕실 문을 닫았다. 그리고 호신용으로 쓸 수 있을 만한 물건을 찾아보았다. 딱히 쓸 만한 것은 없었지만 그나마 샤워기로는 어떻게 해볼 수 있을 것 같았다.

샤워기를 잡기 위해 몸을 일으켜 세우던 나는 소스라치게 놀라서 제자리에 얼어붙고 말았다. 욕실 거울에 낯선 남자의 얼굴이 보였기 때문이다. 부리부리한 눈매에 얇은 입술, 구릿빛의 까칠한 피부에 수염이 듬성듬성 나 있는 매우 신경질적인 인상의 얼굴이 거울 속에서 나를 바라보고 있었다.

나는 거울 속의 얼굴을 만져보기 위해 거울로 손을 가져갔다. 거울 속의 남자도 내 얼굴에 손을 가져왔다. 거울 속의 남자 역시 나와 똑같은 행동으로 내 얼굴을 탐색하고 있었다. 거울 속의 남자는 바로 나였다. 나를 뚫어지게 바라보던 바로 그 얼굴이었다.

나는 내 얼굴이 생각나지 않았다. 아무리 애를 써봐도 기억나지 않았다. 그제야 나는 '가면의 도시'를 떠올렸다. '가면의 도시'에서 어떻게 빠져나왔는지 기억나지 않는다. 기억나는 것이라고는 단지 여명이 밝고 있다는 것뿐이다. 집으로 향하던 걸음을 멈추고 잠시 고민했다. 아내는 나를 알아보지 못할 테니까. 집으로는 갈 수 없었다. 그러니 당분간 숙박시설을 이용하는 수밖에 없었다.

낯선 여행에 피로가 쌓인 탓인지 나는 방에 들어서자마자 깊은 잠에 빠져들었다. 그리고 오늘 아침을 맞게 된 것이다.

모든 일은 병원에서부터 시작되었다.

"특별한 이상은 없는 것 같은데, 지금도 안 들리시나요?"

의사 선생이 물었다.

"아니요. 선생님의 말씀은 뚜렷이 잘 들리는데요."

"그럼, 어떤 특정한 소리가 안 들린다는 건가요?"

"네. 이상하게 들릴지는 모르겠지만, 아내의 말소리가 정확히 들리지 않습니다. 다른 소리는 잘 들리는데 말이죠."

"음. 그러니까 선생님의 청력은 특정한 소리에 반응한다는 말씀이시군요."

"그런지도 모르겠군요."

언제부터였는지 정확히 기억나지는 않지만, 아내의 목소리는 분명 소음처럼 들리고 있었다.

"어떤 사람들은 특정한 현상에 집착하며 민감한 반응을 보이는 경향이 있습니다."

내 병에 관심을 보이는 의사 선생의 호기심이 순수한 탐구열인지 아니면 다른 의도가 숨겨져 있는지 알 수 없는 일이었다. 나는 의사 선생에게 어떻게 하면 대화의 주도권을 빼앗기지 않고 대응할 수 있을지 골몰하기 시작했다.

　"선생께서는 부인과의 의사소통에 문제가 있는 것 같습니다. 전문분야가 아니라 정확히 말씀드릴 수는 없지만 여러 가지 정황상으로 미루어 볼 때, 일종의 편집성 장애와 관련이 있지 않을까 싶습니다."

　"편집증이라고요? 정신장애를 말씀하시는 것이라면 도에 지나친 해석 같군요."

　의사 선생의 태도에 불쾌함을 느꼈다. 게다가 이 자는 이비인후과 의사가 아니던가!

　"아, 편집증은 불신을 조장하는 요즘 세태에 현대인들에게 흔하게 나타나는 질환이지요. 그런 증세가 보인다고 해서 크게 염려하실 것은 없습니다."

　"만약, 사실이라고 해도 아내의 목소리가 소음처럼 들리는 것이 편집증 때문이라는 건 이치에 맞지 않는 것 같군요."

　"그럼, 선생님은 대화에서 진실을 가려낼 수 있다는 말씀인가요?"

"무슨 뜻이지요?"

"설마, 선생님 아내분의 얘기가 모두 진실이라고 생각하지는 않으시겠지요?"

의미심장한 말이었다.

대화란 말 속에 담긴 의미를 해석해 상대방의 마음을 탐색하는 과정이다. 하지만 상대방의 마음을 왜곡할 수 있는 소지가 너무도 많다. 말은 3분의 1의 진실과 꼭 그만큼의 거짓, 그리고 나머지의 변명으로 이루어져 있기 때문이다.

"일반적인 의사소통에는 보편적인 규칙들이 있습니다. 또, 개인마다 언어능력의 차이가 있고요."

"혹시, 제 언어능력이 보편적인 규칙을 따르지 못할 정도라고 생각하시는 겁니까?"

"아니요. 언어능력의 차이를 얘기하는 것이 아닙니다. 누구나 자기만의 언어표현 방법이 있으니까요."

"그게 제 병과 무슨 관련이 있다는 건가요?"

"어떤 사람들은 규칙과는 상관없이 감정적인 방식으로 얘기를 하는데, 혹시 선생님 부인께서 그런 것이 아닌가 추측하는 것입니다. 만약 그렇다면 규칙과는 상관없는 부인만의 언어를 선생님이 이해하지 못해서 의사소통에 문제가 발생한 것일 수도 있다는 얘기입니다."

"저와 아내가 보편적인 언어가 아니라 주관적인 언어로 대화를 할 수도 있다는 것이군요."

"그렇습니다."

누구나 대화를 나눌 때는 직관적으로 말을 하게 된다. 상대방이 어떤 생각으로 어떤 말을 할지 모르는 상태에서 미리 대화 연습을 할 수는 없는 노릇 아닌가. 게다가 직관적으로 뱉어버린 말에는 논리적인 설득과정이 필요한데, 상대편의 억지 논리를 참고 들어줄 만큼 인내심이 강한 사람이 이 세상에 몇이나 된단 말인가!

사람은 서로가 이해할 수 있는 부분이 다르다. 누구나 자신만의 가치체계와 선택적 지각으로 세상을 바라보니 의사소통에 오류가 생기는 건 당연한지도 모르겠다.

"제 소견으로는 부인의 말에 숨겨진 진실을 알아채는 것이 가장 빠른 치료법인 것 같습니다. 물론 어려우시겠지만, 부인과 거리를 두고 대화를 나눠보십시오."

"거리를 두라고요?"

"다른 사람과의 소통에는 전혀 문제가 되지 않으신다고 하셨으니까 드리는 말씀입니다. 자신이 아닌 다른 사람처럼 생각하고 대화를 해보는 것도 하나의 방법일 수 있지 않을까요? 주관적인 언어를 사용하지 않을 테니까 말이지요."

"나쁘지 않을 것 같군요. 하지만 누구도 자기 자신이 아닌 다른 사람이 될 수는 없지 않습니까."

"결국은 그게 문제지요."

병원에 다녀온 뒤로도 아내의 말소리에 반응하는 현상은 나아질 기미가 보이지 않았다. 의사 선생의 말대로 객관적으로 되어보려고 갖은 방법을 동원해 보았지만, 그것은 방법의 문제가 아니었던 것 같다. 나 자신이 결코 다른 사람이 될 수는 없는 법이니까 말이다.

아내의 말 속에 숨겨진 의미를 가려낼 수가 없게 되자 대화도 더 이상의 진전이 없게 되고 관계에도 균열이 생기기 시작했다. 그럴수록 의사 선생이 했던 말이 자꾸만 떠올랐다.

'진실은 무엇이지? 아내는 무엇을 숨기고 있는 것일까?'

소통의 단절이 계속되는 동안 나에게는 작위적인 상상이 만들어낸 왜곡된 기억이 자라나기 시작했다. 아내에게 다른 남자가 생긴 것이 아닐까 하는 의심이 생긴 것이다. 의심은 심연보다 더 깊은 고독 속으로 빠져들게 했다. 의심은 확고하게 자리를 잡아갔으며 거짓된 치장으로 기억을 변조해 나갔다.

아내를 의심하는 내 모습은 가증스럽고 혐오스럽기 짝

이 없었다. 그 모습을 보는 것은 내 속에 숨겨진 이면을 파헤쳐내는 것처럼 괴롭고 고통스러운 일이었다. 자기혐오에 따른 고통은 점점 커져만 갔다. 고통은 목에 가시가 걸린 것처럼, 신발에 들어간 작은 모래 알갱이처럼 내 신경을 계속 거슬리고 있었다. 죽을 것만큼 괴롭지는 않았지만 그렇다고 참을 수 있는 것도 아니었다. 참을 수 있는 고통이란 없는 법이다.

문득 내가 사라져버린다면 아내가 어떻게 반응할까 궁금해졌다.

'내가 사라져버린다면, 아내의 비밀을 밝혀낼 수 있을까?'

어쩌면 아내는 다른 남자를 만날 수도 있을 것이다. 내 믿음이 사실이라는 것을 가정하고 그 뒤에 일어날 일들을 예측해 보았다. 생각만 해도 끔찍한 상상이 뒤를 이었지만, 과연 그런 일들이 일어날지 두 눈으로 똑똑히 확인하고 싶은 욕구도 뒤따랐다. 비열하고 추악했지만 아내가 숨기는 진실을 확인하고 싶었다. 그래서 곧장 사라져버리기로 했다. 하지만 한 가지 문제가 있었다. 내가 사라져버린 뒤, 아내의 반응을 알 수가 없다는 것이다. 아내의 반응을 관찰하기 위해서는 사라졌으나 사라지지 않는 방법을 찾아야 했다.

나는 몇 해 전 신문지면에 소개되었던 '가면의 도시'에 대한 기사를 떠올렸다. 가면을 만들어 준다는 얘기를 기억해 낸 것이다. 그래서 그 길로 가면의 도시를 찾아 나섰다.

2.

　하늘은 일찌감치 어둠을 내리고 거리는 서둘러서 빛을 밝혔다.

　백미러를 통해 멀어지는 하늘을 바라보니, 도시에 기우는 어둠의 물결이 서서히 세상을 잠식해 가는 게 보였다. 비현실적으로 일그러진 그림자가 짙게 드리워진 풍경은 하루해가 저물어가며 내지르는 절규였다. 해가 기울고 먹구름 사이를 뚫고 창백한 달이 떠오르자 도시는 어스름에 물들기 시작했고, 하루를 조금이라도 연장하려는 태양의 안간힘은 어둠을 이기지 못한 채 포말처럼 부서져 내렸다.

　가면의 도시는 어렵지 않게 찾을 수 있었다. 곳곳에 세워진 이정표를 따라가다 보니 끝도 없이 펼쳐진 드넓은 평야가 나타났고, 한가운데 있는 일방통행로에 다다르게 되었다. 벌판을 가르며 달리자 답답했던 마음이 탁 트여 찾아오기를 잘했다는 생각이 들었다. 무엇보다도 가벼운 마음으로 나설 수 있었던 까닭은 가면을 얻은 뒤에 벌어질 일들이 흥미로울 것이라는 기대 때문이었을 것이다.

얼마쯤 지나지 않아 시야를 가로막는 거대한 벽이 앞을 가로막았다. 나는 브레이크를 밟아서 급히 차를 세웠다. '가면의 도시'였다. 오래된 유적지처럼 보이는 낡고 거대한 벽은 끝도 없이 이어질 것만 같았다. 쉼 없이 달려오는 동안 이렇게 큰 구조물이 보이지 않았던 것일까 하는 의구심도 있었지만, 경외감 앞에서 가뭇없이 사라졌다.

차에서 내려 도시로 들어가는 입구를 찾아보았지만 좀처럼 찾을 수 없었다.

나는 주위를 돌아보다 벽 앞에 서 있는 몇몇 사람을 발견했다. 모두 가면을 쓰고 있었는데 그들 역시 '가면의 도시'로 들어가는 입구를 찾는 듯했다.

"가면의 도시에 들어가고 싶은데 어떻게 해야 합니까?"

한 남자에게 다가가서 묻자 그는 아무 말 없이 표지판을 가리켰다. 표지판에는 '도시로 들어가려면 가면을 쓰시오.'라는 문구가 씌어 있었다. 환장할 노릇이었다.

"젠장, 가면을 어디서 구한단 말이야?"

남자가 손가락으로 먼 곳을 가리켰다. 그가 가리키는 언덕 너머에는 네온 불빛이 희미하게 빛나고 있었다.

남자가 일러준 언덕에 다다르자 사람의 흔적이라고는 찾아볼 수 없는 앙상한 시가지가 눈앞에 펼쳐졌다. 가면의 도시와 연관이 있는 변두리 상점가인 듯했다. 각각의 상점들에는 셀 수 없을 정도로 많은 종류의 가면이 있었는데, 살아 있는 게 아닌가 싶을 정도로 정교하게 만들어져 있었다. 어스름에 물든 탓인지 대부분 붉은색을 띠었고, 그 때문인지 음산한 기운마저 감돌았다.

"빌어먹을. 돈벌이에 혈안이 된 작자들뿐이군."

유쾌하지 않은 기분을 떨쳐내려고 주변을 둘러보려는데, 가면 하나가 눈에 들어왔다. 나를 바라보고 있다는 생각이 들었기 때문일 것이다.

가면을 응시하던 나는 그 형체가 움직인다는 것을 알고 등줄기가 오싹해졌다.

"무엇을 원하시오?"

어둠 속에서 목소리가 들렸다. 목소리의 주인공을 찾을 수 없었기 때문에 나를 뚫어지게 바라보던 가면이거나, 환청이 아닐까 하는 생각마저 들었다.

나는 섬뜩해진 기분을 진정시키며 가면이 필요하다고 대답했다.

"가면의 도시에는 왜 들어가려는 거지요?"

"사라졌지만 사라지지 않는 방법을 찾을 수 있을 거라는 얘기를 들었소."

"가면을 쓰면 당신이 사라질 것 같소?"

목소리는 무언가를 알고 있는 듯했다.

"적어도 날 알아보지는 못하겠지요."

"당신은 자신이 맞닥뜨리게 될 일을 운명으로 받아들일 준비가 되어 있소?"

"가면을 하나 쓰는데 그런 거창한 것까지 생각해야 하나요?"

나는 풍딴지같은 소리를 비아냥거리며 되물었다.

"가면의 힘을 얕봐서는 안 되오. 가면은 숨겨진 욕망을 드러낼 테고 당신을 삼키려 할 테니 말이오."

얼토당토않은 말이었다.

"말장난은 집어치워요. 나는 그저 가면을 쓰고 싶을 뿐이라고요."

내가 이렇게 외치자 목소리가 나지막이 입을 열었다.

"그렇다면 내가 당신에게 해줄 것은 없는 것 같군요. 당신은 이미 가면을 쓰고 있으니까."

그의 말장난에 화를 낼 수도 있었으나 그러지 않았다.

왜 그런지는 모르겠지만 그래서는 안 된다는 것을 알았다.

나는 두 손으로 얼굴을 감싸고 얼굴의 윤곽을 더듬었다. 익숙하지 않은 윤곽이 손끝으로 전해져 왔다. 가면이었다. 나는 그렇게 해서 가면을 쓰게 된 것이다.

가면을 쓴 나는 친분이 있던 사람들을 하나둘 찾아 나섰다. 그리고 그들의 시선을 통해서 내 모습을 조금씩 알아가기 시작했다. 그러나 그들이 말하는 나는, 내가 알고 있던 것과는 전혀 다른 모습이었다. 게다가 모두 제각각이어서 그들이 과연 내가 알고 있던 사람들이었나 하는 착각이 들 정도였다.

J 역시 그들과 다르지 않았다.

"그가 사라질만한 특별한 이유라도 있었을까요?"

J는 나를 기억하지 못했고, 그가 말하는 내 모습 역시 낯설기는 마찬가지였다.

"사라질 이유가 없지요. 사람이 갑자기 사라진다는 게 말이나 되는 소립니까? 그의 실종에 대해서는 모든 것이 불분명해요. 어쩌면 실종이 아니라 살인 사건인지도 모르지요."

"살인 사건이라고요? 그럼, 선생께서는 실종사건 이면에 계획적인 동기가 숨어 있다고 보시는 건가요?"

나는 J의 눈치를 살피며 되물었다.

"선생 같은 분의 취향에 맞는 얘기를 하나 해드리지요. 그는 약물을 과다 복용하고 있었어요. 정확한 병명은 모르겠지만 신경정신과에서 타온 약물을 그의 아내가 꼬박꼬박 챙겨주었지요. 그 친구가 돌아오지 않는 한, 그의 아내가 챙겨주던 약이 무엇인지는 알 수 없잖소."

J는 간교를 부리듯 내 귓가에 대고 소곤댔다.

J는 나에 대해서 무척 잘 알고 있다는 투로 말을 했는데, 대화하는 내내 주도권을 놓지 않으려고 했고 자신을 지나치게 과장하는 것이 아닌가 싶을 정도로 허세를 부리고 있었다. 게다가 나는 내가 신경정신과에서 타온 약물을 먹었다는 게 전혀 기억나지 않았기 때문에 그에게서 수상한 느낌을 지울 수가 없었다.

"그의 아내를 의심하시는군요. 혹시, 무슨 심경의 변화 같은 것이 있었던 것은 아닐까요?"

"심경의 변화라니요? 그를 몰라서 하는 소리예요. 그는 독선적이고 아집이 강해서 변화를 추구하는 사람이 아니에요. 이제야 하는 얘기인데, 그는 종종 아내가 수상하다고 말했습니다. 자신에게 무언가를 감추려 한다는 말을 자주 하곤 했지요."

"그게 무엇인지는 말하지 않던가요?"

"글쎄요. 그것까지는 기억이 나질 않는군요."

어차피 J의 말은 믿을만한 것이 못되었다. 3분의 1만 믿고 나머지는 한 귀로 흘려버리면 그만인 셈이다.

"사람들은 누구나 뜬소문을 좋아하지요. 게다가 극적인 것을 좋아합니다."

"그게 무슨 말씀이시지요?"

"그 친구의 실종에 관한 소문 말입니다. 사람들은 과장되게 덧붙이거나 지어내는 것을 즐기지요. 예를 들자면, 이 정도쯤 되겠군요. 바람난 아내가 남편에게 약을 먹여 미치게 만든다. 그리고 내연남과 함께 남편을 살해한 뒤 시체를 유기하고 실종신고를 한다. 어떻습니까? 사람들의 호기심을 자극하기에 딱 맞는 이야기 아닌가요?"

J는 자신이 지어낸 이야깃거리에 도취된 듯이 보였다. 내 실종이 한낱 심심풀이 화젯거리에 지나지 않는 것이다.

"흥미로운 이야기군요. 하지만 뜬소문으로 상처를 입는 사람도 있잖습니까?"

나는 불쾌한 내색을 감추지 않았다.

"어차피 나와는 상관없는 일이지 않습니까. 그렇지 않나요? 그리고 진실은 아무도 모르는 것입니다. 실제로 밝혀진 것이 아무것도 없으니 믿고 싶은 사람 마음이겠지요."

J는 의기양양하게 대꾸했다.

그 소문의 주체가 다른 사람이라고 생각하면 그만일 뿐이지만 나는 그럴 수가 없었다. 바로 나였으니까.

"개자식……."

문득 J를 죽여버리고 싶다는 생각이 들었다.

"네? 지금 뭐라고 하셨지요?"

J는 당혹스러운 표정을 지으며 되물었다.

"그래, 넌 개자식이야."

"뭐, 뭐야 당신! 이거 완전 미친놈 아니야?"

그는 갑작스런 봉변에 화를 참지 못하고 길길이 날뛰었다.

예전의 나였다면 끓어오르는 분노를 애써 억누르려 했을 것이다. 하지만 지금은 상황이 달라져 있었다. 가면을 쓰고 있기 때문이다.

아무도 날 알아보지 못한다는 생각이 들자 억누르던 욕망이 꿈틀거리기 시작했다. 관념에 얽매여 있던 도덕심 따위는 한 줌의 재처럼 사그라져버렸고, 무모한 호기가 생겨서 전에는 엄두조차 내지 못했던 일들을 자연스럽게 실행해 옮길 수 있었다.

늦은 밤, 나는 J를 다시 찾아갔다.

"이봐! J."

어둠 속에 숨어 있는 나를 발견하기 전까지 J는 의혹과 긴장을 늦추지 않았다. 낮에 있었던 불미스러운 일을 기억하기 때문일 것이다.

"K인가? 자네 K 맞지? 어떻게 된 거야? 그동안 어디에 갔던 거야? 별일 없는 거지?"

나를 반기는 J의 모습은 가증스럽기 짝이 없었다.

나는 J가 내 얼굴을 확인할 수 있도록 가로등 아래쪽으로 다가갔다.

"헉! 당신. 뭐, 뭐야?"

순간, J의 얼굴이 두려움으로 일그러지기 시작했다. 내 얼굴을 알아본 것이다.

"K가 아니어서 놀랐나?"

"왜 이러는 거야? 나한테 원하는 게 뭐야?"

J의 눈빛에 공포가 드리워졌다.

"뭘 원하냐고? 내가 뭘 원하겠나? 당연히 네 가면을 벗기는 거지."

"으악!"

J는 외마디 비명을 내지르며 쓰러졌다.

"사, 살려줘. 내, 내가 잘못했어."

J의 얼굴은 심하게 일그러졌다.

나는 고통으로 신음하는 J를 아랑곳하지 않고 그의 가면을 벗겨내기 시작했다. 새파랗게 얼어붙은 J의 얼굴에서 따뜻한 온기가 전해져 왔지만 하던 일을 멈추지 않았다.

3.

집 앞에 서 있다는 것을 알아차리자 막연한 기분이 들었다. 무의식적으로 걷고 있었는데 습관적으로 발길을 옮긴 것이다.

아내는 내가 누군지 모르고 있을 터였다. 앞으로 있을 일들에 대해서 어떠한 예측도 할 수 없지만 부딪쳐 보는 것도 나쁘지 않을 것 같았다.

"무슨 일이시죠? 어떻게 찾아오셨지요?"

아내의 낮은 목소리는 똑똑히 알아들을 수 있을 만큼 차분하게 들렸다.

"부군의 친구입니다. 드릴 말씀이 있어서 찾아왔습니다."

수심이 가득한 아내의 얼굴을 보자 까닭 모를 안도의 한

숨이 나왔다.

"혹시, 그를 만나셨나요?"

그렇다고 대답하자 아내의 얼굴에는 기대와 의심의 빛이 번갈아 가며 나타났다.

"부군께 말씀 많이 들었습니다."

나는 동료라고 소개하며 아내가 알 수 있을 만한 기억을 더듬어 가상의 인물을 만들어 내었다. 기억을 공유한다는 것이 효과가 있었는지 의심의 눈초리로 경계하던 아내도 차츰 내 말을 믿기 시작했다.

"나이를 먹어 가면서 많은 것을 생각하게 되죠. 살아온 모습이나 방식에 회의가 들기도 하고요. 부군과 제가 나누던 얘기도 크게 다르지 않습니다."

아내와의 대화가 흥미로워서 묘한 긴장과 충동적인 쾌감마저 일었다.

"아이 문제로 부인과 많이 다투었다고 들었습니다."

"맞아요. 그 때문에 부부 사이에 거리감이 생겼다고 생각했을지도 모르겠어요. 결혼한 지 십 년이 지나도록 아이가 없으니까요. 하지만 남편이 언제나 진실만을 얘기한다고는 생각하지 마세요. 그렇다고 그가 거짓말만 늘어놓는다는 것은 아니지만요."

"어떤 것은 믿고 어떤 것은 믿지 말아야 한다는 것인가요?"

"그래요."

"하지만 어떤 것을 믿어야 하죠? 의도한 진실과 상대방이 진실이라 생각한 것이 다를 수 있는데……."

"그냥, 믿고 싶은 것을 믿으세요."

아내는 내가 어떻게 생각하든 별로 중요하지 않게 생각하고 있었다. 대화란 상대방의 생각을 맞추는 과정이 아니냐고 항변하고 싶었지만, 분위기가 어색해질 것 같아서 아내의 말을 수긍하고 말았다.

아내와의 대화는 서로가 주도권을 잡으려는 응수로 이어졌다.

"그런데 그를 만나신 건가요? 어떻게 잘 지내고 있나요?"

"일주일 전쯤 전화가 왔습니다. 그를 만나러 갔는데 다른 사람이 나와 있더군요. 그런데 뭐랄까? 분명 다른 사람이었는데 그 친구 같다는 느낌을 지울 수가 없었습니다."

"남편의 말이 사실이었군요."

"무슨 말씀이시지요?"

"남편은 가면의 도시를 찾아간다는 메모를 남겨 놓고 떠

났어요. 그냥 지나가는 얘기인 줄로만 알았는데 정말 그곳을 찾아간 것 같아요."

"그곳에는 뭐 하러 간다고 하던가요?"

"별다른 얘기는 없었어요. 가면에 관한 얘기를 했던 것 같은데, 그리 중요하게 생각하지 않아서 기억하지 않았어요."

"왜 부인께는 소식이 없는 걸까요?"

"마치 취조당하는 것 같군요."

"언짢으셨다면 사과하겠습니다."

"아니에요. 그러실 필요 없어요. 제가 과민해져서 그런 거니까요."

아내는 잠시 뜸을 들이더니 이내 말문을 열었다.

"그이가 사라지고 얼마 지나지 않아 전화가 한 통 왔어요. 곧 돌아올 줄 알았기 때문에 아무런 조치도 취하지 않았지요. 그런데 그 뒤로는 소식이 끊겼어요. 남편 전화번호로 위치추적까지 해보았지만 모든 게 허사였어요. 그래서 경찰에 실종신고를 하게 된 것이고요. 사설탐정까지 고용했지만, 어찌 된 일인지 그에게서도 연락이 없네요."

"네, 그러셨군요."

나를 찾기 위해 백방으로 뛰어다녔다는 아내의 말을 듣

자 안도감이 생겼다.

대화를 나누면서 아내가 내가 알던 사람이 맞는지 떠올려보았으나 기억나지 않았다. 아내의 실체는 기억의 영역에서 벗어난 아득히 먼 곳에 있는 것만 같았다.

"부인께서 생각하시기에 그는 어떤 부류의 사람이었습니까?"

"잘 알고 계실 텐데요?"

"보이는 모습이 모두에게나 같은 것은 아닐 테니까요. 아닌가요?"

아내는 한껏 뜸을 들이더니 천천히 입을 열었다.

"남편은 오만한 사람이었어요. 스스로 타인에게 관대하다고 생각했으니까요."

냉소가 배어 있는 아내의 표정이 싸늘하게 변해갔다. 내 본질을 기억해야 한다는 것이 그다지 유쾌한 일은 아닌 것처럼 보였다.

"잘 안다고 생각했는데 어느 순간 낯선 사람처럼 생각이 들더군요."

"그야 사람들의 내면에 여러 가지 모습이 있을 테니까요."

"물론이지요. 하지만 뭐랄까? 최근 들어 많이 달라졌어요. 가벼운 농담도 심각한 인신공격으로 오해하는 경우가 많았지요."

"소심한 사람이군요."

"남편은 대인관계가 서툴렀던 것 같아요. 이유 없이 의심하고 질투가 심했지요."

나는 아내의 시선과 내가 만들어낸 가상의 인물을 통해서 내 존재를 하나씩 알아가기 시작했다. 하지만 아내가 기억하고 있는 모습은 내가 결코 타인에게 보여주고 싶지 않았던 모습뿐이었다.

"남편은 타인과의 의사소통에 과도하게 집착하고 있었어요. 모든 대화에 감춰진 진실이 있다고 생각해 왔지요. 남편의 직업이 그렇게 만든 것인지도 모르겠어요. 남편에게는 강박증과 편집증 증세가 있었거든요."

아내 역시 나를 정신이상자로 생각하고 있는지도 모를 일이었지만, 그렇게 보였다면 그녀의 생각이 전적으로 옳은지도 모른다.

"그런 불안정한 심리상태는 스트레스를 많이 받는 현대인들에게 있어서 뗄 수 없는 불치병 같은 건 아닐까요?"

아내와 나 사이에는 고요한 냉기만 맴돌았다. 대화의 주도권을 되찾기 위해서 화제를 바꾸어야 했다. 나는 냉각된

분위기를 바꾸기 위해서 내 이야기를 시작했다. 아내의 목소리가 소음처럼 들리고 있었던 일, 그리고 병원에서 있었던 일을 적당히 꾸며서 말해주었다.

"누구나 한 번쯤은 그런 생각을 해보았을 거예요. 누구에게나 내재 되어 있는 불안이 존재하니까요."

아내는 내 얘기를 주의 깊게 듣고 있었다. 거짓과 진실을 구분하려고 하지 않았고, 자신의 얘기만 들어주기를 강요하지 않았으며 설득하려 하지도 않았다. 그리고 내 말을 자르거나 논리적인 오류를 지적하지 않았다. 그녀 앞에서는 거짓과 변명 따위가 필요치 않았다. 내 말은 오직 진실뿐이었다.

"시간이 벌써 이렇게 되었군요."

아내가 다시 운을 뗐을 때, 시간이 너무나 순식간에 지나간 것 같은 아쉬움이 남았다. 게다가 아내의 말소리도 소음처럼 들리지 않아서 병이 씻은 듯이 나았다는 생각이 들었다. 하지만 가면을 쓴 채로 함께할 수는 없는 일이었다.

"그렇군요. 이제, 가봐야 할 것 같습니다."

"이렇게 남편 소식을 전해주셨는데 어떻게 감사의 뜻을 표현해야 할지 모르겠군요."

나는 아내에게서 그 어느 때보다 친밀함을 느꼈다. 아내는 상냥했고, 여전히 매력적이었고 또 사랑스러웠다.

"다음에 또 뵐 수 있을까요?"

"남편 소식을 전해주신다면 언제든지요."

다시 내 모습을 찾을 수 있을 거라는 기대에 들뜬 나는 현재의 거짓된 나를 벗고 예전의 진실 된 내 모습으로 돌아가리라 마음먹었다. 그리고 다시는 아내를 의심하지 않겠다고 다짐했다. 하지만 무슨 미련이 남아서였는지 돌이킬 수 없는 질문을 뱉어내고야 말았다.

"아! 실례가 될 것은 알지만 한 가지 더 여쭤보고 싶은 게 있습니다."

"뭐지요? 말씀해 보세요."

"부인께서는 남편분에게 진실했습니까?"

"그게 무슨 뜻이지요? 제가 외도라도 했다는 투로 들리는군요."

정색하는 아내를 보고 나서야 해서는 안 되는 말을 했다는 것을 깨달았다.

"오해하지 마십시오. 본의 아니게 무례를 끼친 것 같군요. 죄송합니다."

아내는 어떻게 대답을 해야 할지 망설이고 있는 것처럼 보였다.

"제가 왜 화를 내는지 모르겠군요. 솔직히 말씀드리자면, 잘 모르겠어요."

그럼 J의 말이 사실인가? 설마 나를 정신병자로 만들어서 죽이려고 했단 말인가?

"잘 모르겠다니! 도대체 그게 무슨 말이야?"

나는 아내를 쏘아보며 물었다.

"갑자기 왜 그러세요?"

돌변한 내 행동에 아내는 그 자리에서 꼼짝없이 얼어붙었다.

"그랬던 거군. 내 짐작이 하나도 틀리지 않았어."

"여기서 당장 나가요! 나가지 않으면 경찰에 신고하겠어요."

아내는 기겁하며 경찰을 부르겠다고 엄포를 놓았다.

두려움에 휩싸인 아내의 모습을 보자 왠지 모르게 통쾌한 기분이 들었다. 때가 된 것이다. 가면을 벗을 시간이 온 것이다. 가면을 벗어 던지고 난 뒤, 나를 보고 자지러질 아내의 모습이 눈에 선했다. 내 입가에는 비열한 웃음이 새어 나오고 있었다.

"으하하하. 나야……. 나라고!"

나는 미친 듯이 웃어젖히며 대답했다.

"나라니? 당신 누구예요?"

아내가 떨리는 목소리로 물었다. 이제야 이상한 점을 눈치챈듯했다.

"나라고. 기억 안 나?"

나는 가면을 벗기 위해 가면의 끝자락이라 생각되는 얼굴의 가장자리를 더듬었다. 하지만 가면의 끝자락은 잡히지 않았다. 가면이 벗겨지지 않자 아내가 나를 알아보지 못하면 어쩌나 하는 불안감이 몰려왔다. 나는 미친 사람처럼 몸부림치며 얼굴을 쥐어뜯기 시작했다.

"미친 자식! 도대체 당신 누구야?"

내 행동을 지켜보며 울먹이던 아내가 날카로운 소리로 외쳤다.

"똑똑히 보라고. 이래도 내가 누군지 모르겠어? 나를 잘봐 기억해 보라고!"

나는 가면을 벗으려는 것을 멈추고 아내의 팔을 거세게 움켜쥐고 흔들었다. 그리고 아내의 눈동자에 초점을 맞췄다. 물기를 머금은 아내의 동공에 내 얼굴의 상이 맺혔다. 그러나 낯선 얼굴이었다.

"당신. 서, 설마……. 말도 안 돼!"

흔들리던 눈길을 내게서 돌리던 아내가 중얼거렸다. 껌

새를 알아차린 것이다.

후회가 밀려들었다. 아내의 눈동자에 비친 내 얼굴을 보게 된 순간, 큰 실수를 저지르고 말았다는 것을 깨달았다. 그제야 나는 우리가 최근 몇 년 동안 눈을 맞추며 대화를 나눠 본 적이 거의 없었다는 사실을 기억해 내었다.

"당신이 날 속인 거라고? 사람을 이렇게 기만하다니, 이럴 수는 없어."

"혼란스러울 거라는 것은 인정해. 내 얼굴에 대해서 말이야. 나도 혼란스러우니까. 여보, 미안해."

"개자식! 비열한 놈!"

아내는 경멸에 찬 눈길로 알아들을 수 없는 소음을 쏟아내기 시작했다.

아내의 외침은 허공에 떠도는 메아리처럼 귓가에 맴돌았다. 할 수만 있다면 자물쇠를 걸어 잠그듯이 내 귀를 닫고 귓전을 울리는 소음들을 막아버리고 싶다는 생각만 간절했다.

"시끄러워! 도대체 뭐라고 하는 거야?"

참을 수가 없었다. 귓전을 때리는 소음 때문에 미칠 지경이었다. 난 두 손으로 머리를 움켜쥐고 몸부림치다가 손에 잡힌 물건을 들고 정신없이 휘둘렀다. 오직 소음이 멎기를 바라는 마음뿐이었다.

"그만. 제발, 그만해!"

순간 '퍽' 하는 둔탁한 소리와 함께 손끝에 충격이 가해지는 것이 느껴졌다. 그리고 맥없이 쓰러진 아내의 모습이 눈에 들어왔다.

4.

"아, 아내를 죽였어요."

"잠시, 이쪽으로 앉으시죠. 선생님 성함이?"

"K입니다."

나는 사건의 진상을 하나도 빠짐없이 실토했다. 모든 일이 소통의 부재에서 비롯된 일이며 의심 때문에 생긴 일이고, 분노와 질투에 눈이 멀어 아내를 죽였다고 말했다. 이야기를 마치고 났을 때, 나를 감싸고 있던 고통은 사라지고 내 몸에는 전율이 일었다.

"지금 하신 말씀이 모두 사실입니까? 선생님이 K씨가 맞나요?"

내 얘기를 묵묵히 듣고 있던 경찰이 서류를 뒤적이며 말문을 열었다.

"네, 내가 K입니다."

경찰은 나를 유심히 살펴보더니 다시 말을 이었다.

"아무리 봐도 선생님은 K씨가 아니군요. 그리고 실종된 K씨는 얼마 전 피살된 채 발견됐습니다."

"뭐, 뭐라고요? 그럴 리가……."

경찰은 K가 얼굴이 벗겨진 채 살해당했으며 심하게 부패 된 탓으로 불가피하게 부검과 유전자 검사를 할 수밖에 없었다고 말했다. 경찰은 사건의 세밀한 것까지 알려주었는데, 아내와 불륜을 저지른 내연남이 계획적으로 저지른 살인이라는 것이 현장 감식을 통해 추측해낸 사건의 경위라고 했다. 덧붙여, 용의자는 잠적했지만, 신원이 파악되었기 때문에 조만간 잡힐 거라는 낭보도 전해주었다. 그리고 아내의 살해 사건도 같은 용의자의 소행으로 보고 있었다.

경찰이 쫓는 살인 사건의 용의자는 바로 나일 것이었다. 그런데 내가 아닌 다른 용의자가 있다니, 꿈인지 현실인지조차 분간할 수 없었다.

"나는 나를 죽이지 않았어요. 내가 바로 K라고요! 내가 죽인 건 J에요."

"그만하고 돌아가십시오."

"돌아가다니요? 지금 내 말을 안 믿는 거요?"

내가 사건의 요지를 정확하게 알고 있다는 것이 이치에 맞지 않는 것이 아니냐며 항변해 보았지만, 그들은 내 얘기를 들어주지도, 믿지도 않았다.

"무척 초췌해 보이시는군요. J씨."

무언가로 뒤통수를 세게 얻어맞은 기분이 들었다.

"J라고? 나보고 J라니. 세상이 완전히 미쳐가는군. 두 눈이 있으면 나를 똑바로 쳐다봐요. 내가 바로 K라고요."

경찰들의 반응은 냉담하기만 했다. 그들의 완고한 반응을 보니 그들의 말이 거짓이 아닐지도 모른다는 생각도 들었다. 내가 미쳤거나 아니면 세상이 미쳤거나 둘 중 하나일 것이다.

"그럼, 지문 감식을 해보면 되잖소! 아니. 유전자 검사를 해봐요. 내가 누군지 확인해 보란 말이오."

나는 아무도 나를 알아보지 못하게 될까 봐 불안해졌다. 나를 알아보지 못하는 것이 가면 때문이라며 호소해 보았지만 아무도 나를 믿지 않았다.

"정말 이러시면 곤란합니다. 공무집행방해죄로 처벌받으실 수 있습니다."

문득, 그들의 말이 옳을지도 모른다고 생각하게 된 것

은, 목소리의 얘기가 떠올랐기 때문일 것이다. 그리고 사람들의 말소리가 들리지 않기 시작했다. 두런두런 들려오는 음성은 한마디도 정확히 알아들을 수 없었다.

"도대체 그럼 난 누구란 말이오? 나는 누구냐고요!"

나는 나를 해명해야 했다. 지금까지 한 번도 내가 누구인가 하는 질문 따위는 해본 적이 없다. 필요를 느끼지 못했으니까. 그러나 지금의 상황은 그 질문에 대한 해답을 절실히 요구하고 있었다.

나를 증명할 방법은 오직 내 머릿속에 들어 있는 기억뿐이었다. 나는 시간을 역으로 더듬어 단편적인 기억의 편린을 들춰내기 시작했다. 과거와 현재와의 간격이 커질수록 어려움을 느꼈지만 멈추거나 포기할 수는 없었다. 나를 찾아야만 했으니까.

나는 나열된 기억의 파편들을 모아서 하나둘 짜 맞추기 시작했는데, 기억을 조합하는 과정은 마치 수백 개의 조각으로 나뉘어 있는 퍼즐 맞추기처럼 더디게 진행되었다. 기억 퍼즐을 연결해 나가자 희미하게 보이는 윤곽이 실루엣처럼 드러나기 시작했다. 그러나 실체가 없는 허상뿐이었다. 나는 내 존재가 단편적인 기억들의 조합에 불과할 뿐이라는 데 놀랐고, 불확실한 기억의 조합이 나 자신을 증명한다는 사실을 인정할 수 없었다.

기억이란 과연 믿을 수 있는 것인가? 머릿속에서 일어나고 있는 모든 일이 존재하는 것이 아니라면 살인행위에 대한 죄책감이나 존재에 대한 고민도 한낱 작위적인 상상에 불과할 뿐이지 않은가!

나는 내 기억조차도 믿지 못했다. 욕망으로 인해서 변질된 기억이 자아라고 확신할 수 없게 되자, 기억을 믿는 것이 어리석은 일이라는 것을 깨달았다. 믿을 수 있는 것이라고는 오직 느껴지는 것과 보이는 것뿐이다.

나는 가면을 벗어야 한다는 강박에 사로잡혔다. 그래서 가면을 벗겨내기 위해서 얼굴이 벗겨질 정도로 닦고 또 닦았다. 얼굴을 지우면 모든 기억이 사라지고 본래의 내 모습을 되찾을 것만 같았다. 하지만 아무리 기억해내려고 해도 내 얼굴이 떠오르지 않았다. 내 이름과 얼굴 속에 담겨 있는 역사와 얽히고설킨 관계들은 무엇 하나 뚜렷하지가 않았다. 내가 누구인지 나조차도 알 수 없게 되자 원치 않았던 것까지 잃었다는 생각이 들었다. 다시 날 찾아야 한다는 의무감이 어깨를 짓눌렀지만 내 기억조차도 믿을 수 없는데 나를 어떻게 찾는단 말인가?

"제발 나한테서 떨어져! 부탁이야."

하지만 가면은 벗겨지지 않았고 기억은 사라지지 않았으며 상처는 흉측하게 변해갔다.

이해해 보려고 노력해 보았지만, 도무지 이해할 수 없었다. 내가 이해할 수 있는 범위를 넘어섰기 때문인지도 모른다.

나는 '가면의 도시'로 향한 하루 동안의 여행이 불행을 가져온 것이라고 믿었다. '가면의 도시'로 돌아가면 무언가 뾰족한 방법이 생길 것만 같았다. 시간을 되돌릴 수 있을지 없을지 모르지만, 그렇지 않더라도 엉킨 실타래를 풀 수 있는 열쇠가 있거나 적어도 다른 해결 방법이 있으리라 생각했다. 나는 '가면의 도시'를 다시 찾았고 목소리를 만났다.

"가면을 벗고 싶소."

"여기는 가면을 파는 곳이지 있지도 않은 가면을 벗겨주는 곳이 아니라오."

"분명 가면을 쓰고 있었어요."

"하지만 지금은 아닌 것 같네."

목소리는 애초부터 가면 따위는 없었다고 말했다.

"이곳에서 가면을 썼어요. 분명히 기억한다고요."

"기억한다고? 기억은 욕망이 만들어낸 허상에 불과할

뿐이라네. 보고 듣고 느끼고 경험한 것뿐만 아니라 상상 속에서 만들어진 허상이기도 하지."

"제 기억이 허무맹랑한 망상에 불과할 뿐이라는 겁니까? 기억이 허상이라면 내 존재를 어떻게 증명할 수 있지요?"

"왜곡된 기억이 자네를 증명할 수 있다고 생각하나?"

"난 기억을 왜곡한 적이 없어요."

"자네가 왜곡하지 않는다고 해도 시간이나 자네의 욕망은 다르지. 자신을 증명하기 위해서 기억을 들춰내는 순간 기억은 이미 왜곡된 것이라네. 기억이 타인을 이해시키기 위해서 보여주는 관상(觀賞)용이 되면 어느 정도의 치장이 필요한 법이니까 말이네."

"난 단지 가면을 벗고 잃어버린 얼굴을 찾고 싶을 뿐이에요."

"사람의 얼굴은 어항과도 같은 걸세. 기억은 단지 관상어에 불과하지."

하지만 존재를 증명하고 타인에게 자신을 해명할 방법은 기억뿐이다. 모든 기억이 다 거짓이었다고 해도 사람이란 결국 기억으로 사는 법이니까.

"나는 누구인가요? 내가 누군지 모르겠어요."

"자네가 모르는데 난들 어찌 알겠나?"

"도대체 난 누구란 말이에요!"

"변한 건 없네. 자네는 언제나 자네일 뿐이지. 그뿐이네."

목소리는 변한 건 없고 나는 그저 나일 뿐이라고 대답해 주었다. 그토록 듣고 싶은 대답이었건만 내게 별다른 감흥을 불러일으키지 못했다.

변한 게 없다면 가면은 대체 뭐고, 가면을 쓴 뒤에 벌어진 일련의 사건들은 모두 무엇이었다는 말인가? 그저 내 머릿속에서 만들어진 망상에 불과하다는 말인가?

도대체 어디서부터 꼬여버린 건지 알 수가 없었다.

"갈 곳이 없나?"

넋을 잃은 채 주저앉은 나를 물끄러미 바라보던 목소리가 말했다.

"나는 내가 누군지 몰라요. 나를 잃어버렸거든요."

나는 얼굴 없는 남자, 나를 잃은 내가 되었다.

"자네가 머물기를 원한다면 일자리를 마련해 보도록 하지."

목소리는 나에게 가면 만드는 일을 주겠다고 제안했다.

나는 아무 데도 갈 수 없고 이 도시에서 벗어날 수도 없었다. 나를 잃어버린 곳으로 돌아가는 대신 차라리 이 도시에 머무는 것이 나을지도 모른다는 생각이 들었다. 그래서 그의 제안을 받아들이기로 했다.

"가면을 만들기 위해서는 먼저……."

목소리가 말을 시작했다.

어쩌면 나는 아내의 말처럼 편협하고 이기적인 인간인지도 모르겠다.

나는 지금까지의 모든 기억을 잊고 내 상상이 만들어낸 기억을 가지고 다시 시작하기로 마음먹었다. 가면과 존재에 대한 혼란을 잊고 새로운 기억을 써 내려가면 될 것이다. 새로 만들어질 기억이 낯설지도 모른다. 처음으로 가면을 쓴 뒤 한동안 다른 사람의 옷을 입어서 몸에 맞지 않는 듯한 거북함이 들었지만, 낯섦과 어색함도 어느새 익숙함으로 뒤바뀌어 있었다. 그렇듯 새로 돋아난 기억도 언젠가는 내 몸에 꼭 맞게 변조될 것이다. 그리고 망각 속으로 지워지기를 반복하며 먼 과거 속의 편린으로 남을 것이다. 그리하여 변명이 거짓말을 만들고, 거짓말이 비밀을 만들며, 망각과 착각이 또 다른 기억을 만들 것이다. 그러므로 그렇게 살아내는 방법도 나쁘지 않을 것 같다는 생각이 들었다.

마지막 임무

1. 여우 몰이

화상회의 호출을 알리는 메시지가 전송되었다. 사령관의 전언이었다. 면담을 기다리긴 했지만 이처럼 신속한 반응은 의외였다.

나는 텔레프레전스에 접속하기 위해 헤드셋을 썼다. 뒤통수를 감싼 헤드셋이 머리를 조이자 시뮬레이터 액정 안경이 눈을 덮는다. 차가움이 느껴진다. 텅 빈 공간에, 디지털로 재구성된 내가 홀로그램으로 생성된다.

텔레프레전스는 시공간 제약이 없는 커뮤니케이션 메커니즘으로 현실에선 존재하지 않는 인공 환경이나 가상세계를 만들어내는 시스템이다. 물리적으로는 존재하지 않지만, 기능적으로는 존재할 수 있는 환경을 설정하고 인간

의 감각을 계산하여 가상세계에 디지털로 구현한다. 화상
회의에 최적화된 시스템이라서 도시연합의 사령부와 멀리
떨어진 곳에 있더라도 효율적인 보고와 지침을 하달받을
수 있다. 하지만 내키지 않는 사람과는 가상세계에서의 만
남도 껄끄럽기만 하다.

메시지에 게시된 링크를 선택하자 텅 빈 공간이 요동치
며 형태를 갖춰가기 시작했다. 홀로그램으로 생성된 곳은
디지털로 재구성된 사령관의 집무실이었다. 업무 중에 호
출을 한 모양이었다.

"사령관님."

"어서 오게. 대령. 전역을 신청했더군."

사령관은 단순명료한 성격에 걸맞은 단도직입적이고 직
설적인 어법을 구사했다.

"네. 수리되었나요?"

"아니! 자네가 해주어야 할 일이 있네. 마지막 임무지."

쉽지는 않을 거라 생각했지만 근신 중인 상황에 새로운
임무를 맡기리라고는 예상치 못했다.

"무슨 문제라도 있나?"

내가 아무런 대답을 하지 않자 사령관이 다시 물었다.

"네? 아뇨. 조금 놀랐을 뿐입니다."

"좋아. 대령. 흐흠."

사령관은 헛기침하더니 뜬금없는 질문으로 말문을 열었다.

"여우 몰이에 대해 알고 있나?"

대답을 구하는 질문이 아니라는 것쯤은 함께해온 시간을 통해 체득한 상태였다. 아마도 이번 임무에 대한 암시일 것이다.

"아주 오래전에는 영주라는 자가 자신의 영역을 지배하던 때가 있었지. 간혹, 반기를 드는 마을이 생기곤 했다더군. 그럴 때, 영주가 어떻게 했는지 아나?"

"사냥이군요."

"맞아! 바로 그거야. 영주는 마을에 사냥개를 풀어놓고는 여우 사냥을 한답시고 마을을 쑥대밭으로 만들었다네."

사냥개들이 마을 휩쓸고 지나가면 가축들이 놀라서 날뛰고 마을 사람들은 한탄한다. 여우 사냥은 명분일 뿐이다.

"이번 작전명은 〈여우 몰이〉라고 부르도록 하지. 매우 중요한 비밀임무라네."

사령관은 〈여우 몰이〉에 대한 브리핑을 시작했다.

"2주 후에 뉴트럴 왕국에서 제국과 도시연합의 지도자

들이 모여 평화회담을 진행할 예정이네. 물론 자네도 알고 있겠지?"

"네. 알고 있습니다."

회담이 텔레프레전스가 아니라 실제로 진행된다는 점은 매우 이례적인 일이다. 전쟁이 끝날지도 모른다는 막연한 기대를 갖기에 충분한 소식이었기에 사람들은 벌써 종전 분위기에 도취해 있었다.

"평화회담이 진행되는 기간에는 휴전 상태일 테지만, 혹여 결렬되기라도 하는 날에는 어떤 결과가 나올지는 알 수 없네. 도시연합의 지도자들을 볼모로 만들거나, 몰살시킬지도 모르지……. 간교한 제국 놈들이 어떤 수작을 부릴지 누가 알겠나?"

무슨 얘기를 꺼낼지 조바심이 생겼다. 사령관은 기민했고 또 교활한 인물이기 때문이다.

"만약을 얘기하는 걸세. 그럴 수도 있다는 거야. 우리도 만약의 경우를 대비해야 하지 않겠나? 안전장치로써 말이야. 그래서 대안을 준비했지. 만일 협상이 잘못되는 날에는……."

사령관은 턱을 매만지며 한껏 뜸을 들였다. 상대를 초조하게 만드는 것이 상관으로서 위엄이 서는 일이라 생각하기 때문일 것이다.

"〈판도라〉의 투하 명령이 떨어질 것이네."

사령관의 말을 들었을 때, 등줄기가 서늘해지는 느낌을 받았다. 아마도 최종병기라 불리는 〈판도라〉를 만든 K박사에 얽힌 오래된 기억 때문이었을 것이다.

"항간에 떠돌던 소문이 사실이었군요."

"그렇다네. 그자가 먼저 우리에게 흥정을 해왔지. 무슨 꿍꿍이속이 있는지는 알 수 없지만, 수세에 몰려 있는 도시연합으로써는 거부할 수 없는 제안이었네."

여섯 달 전, 도시연합 사령부로 한 통의 편지가 배달되었다. 편지에는 제국을 무력화시킬 수 있는 최종병기 〈판도라〉에 관한 내용이 빼곡히 적혀 있었다.

처음에는 정신 나간 사람의 호기 어린 장난으로 취급했으나, 무슨 연유에서인지 제의를 받아들이기로 한 모양이다.

"알다시피 그는 제국을 위해 일했던 자였네. 하지만 실리에 따라 어느 편에나 설 수 있는 자이기도 하지."

편지를 보낸 K박사는 전쟁이 시작되기 전, 온 세상을 떠들썩하게 한 천재 과학자다. 제국이 극비리에 추진한 비밀 연구의 총책임자였는데 불미스러운 사건에 휘말려 학계에서 제명되고, 제국과 도시에서 영구 추방되기 전까지 생물

학의 권위자로 승승장구했던 인물이다.

"자신이 평화주의자라고 주장하는 놈들의 특징이 뭔지 아나? 그들은 자신의 믿음이 정의라고 착각하지. 흥, 웃기는 소리지. 정의라는 것은 말일세. 바로, 힘의 균형이라네."

K박사를 빗대어 말하는 것 같았다.

"〈판도라〉가 어떤 병기인지, 또 어떤 위력을 가졌는지는 검증되지 않은 상태 아닙니까? 정말 존재하는지 알 수 없고요."

"자네의 생각을 알고 싶어서 부른 게 아니야. 결정은 사령부가 알아서 하네."

사령관은 확신에 차 있었다. 하지만 〈판도라〉의 실체를 아는 사람은 아무도 없다.

임무는 간단했다. 얼음협곡에 있는 '공중도시'에 가서 〈판도라〉를 함선에 싣고 회의가 진행되는 뉴트럴 왕국의 하늘 위에 떠 있기만 하면 된다. 회담 기간 각 도시국가에서 평화 사절단이 방문할 것이고 자연스럽게 화해 분위기가 조성될 것이다. 아무도 내 함선이 무엇을 싣고 있는지 관심을 기울이지 않을 것이다. 모든 일이 순조롭게 해결된다면 바랄 게 없겠지만, 만에 하나 회의가 결렬된다면 도시연합의 사령선에서 신호가 올 것이고, 그 즉시 〈판도라〉를 뉴트럴 왕국 상공에서 떨어뜨리면 된다. 나머지는 〈판도라〉가 알아서 처리해 줄 것이다.

"회의에 참석한 도시연합의 지도자들은……."

나는 말을 잇지 못했다. 사령관의 싸늘한 시선이 침묵을 강요했기 때문이다.

"그런 불상사가 생기지 않기를 바랄 뿐이지만 전세가 불리한 이 마당에 감상 따위는 집어치우라지. 관용을 베풀 만큼 느긋한 상황이 아니야. 전쟁은 참혹한 것이네."

이 전쟁에서 정의나 도덕성 따위를 찾아볼 수는 없다. 전쟁의 목적은 결국 살아남는 것이니까.

"나는 친구로서 하는 부탁이 아니네. 상관으로서 명령하는 것일세. 자네는 따르기만 하면 돼."

나는 거부할 수가 없었다. 어떠한 명령이라도 받아들여야 한다. 그것이 설령 지옥으로 안내하는 길잡이 역할일지라도 말이다.

"이번 임무는 자네가 적임자야. 자네만큼 뛰어난 함장도 없지 않은가. 게다가 그곳 지리를 잘 아는 사람도 없고 말이네."

가상의 세계에 침묵이 내려앉았다.

차갑고 습한 공기가 주위를 맴도는 기분이다. 텔레프레전스가 내가 받은 느낌마저 계산할 수 있는 걸까?

"이번 임무는 자네 가문에 영광스러운 일이 될 것이네."

영광이라……. 그렇게 해서 얻게 될 영광이 나에게 어떤 의미가 있을까? 강요된 희생과 뒤바꾼 개인적인 명예 따위는 그리 자랑스러울 것이 못 된다.

나는 얼음협곡을 수없이 항해했다. 협곡은 제국이 있는 신대륙과 도시연합이 있는 구대륙을 연결해주는 유일한 길목이다. 평화로웠던 시절에는 많은 사람이 이 협곡을 드나들었지만, 전쟁이 시작된 이후로는 전쟁에 필요한 물자와 인력을 수송하는 함선만이 드나들 뿐이다.

나는 내 함선에 젊은이들을 가득 태우고 신대륙으로 데려다주기를 수없이 반복했다. 그곳을 통해서 다시는 돌아오지 못할 죽음의 도시로 간 것이다. 그들의 운명이 내 손에 달려 있었지만 내 함선은 단 한 차례의 실패 없이 그들을 피비린내 나는 전장으로 데려다주었다. 낙오자도 없었고 다시 돌아오는 자도 없었다.

"자네 고향에서는 죽은 자를 기리기 위해 가면을 쓴다고 했던가?"

"네. 그렇습니다. 아주 오래된 관습이죠."

'가면의 도시'라 불리는 나의 고향은 죽은 자를 위로하기 위해 가면을 쓰는 풍습이 있다. 전쟁이 시작되기 전에는 가면이 명예의 상징이었다. 그러나 산자보다 죽은 자가 더 많아진 지금, 가면은 그저 슬픔을 가리기 위한 도구일 뿐이다.

"자네 가족에게 그런 불상사가 생기지 않았으면 하네."

명령이라기보다 협박에 가까웠다.

"저도 그런 일이 일어나지 않기를 염원하고 있습니다. 임무를 마치는 대로 전역을 재가해주시겠습니까?"

"당연한 것 아닌가! 평화회담이 성사된다면 전쟁은 끝나는 것일세. 그러면 자네와 선원들은 영웅이 되어 귀향하겠지."

텔레프레전스에서 빠져나가고 싶은 마음이 간절했다.

"아! 대령. K박사가 함께 가기로 했네."

"K박사가 동행한다고요?"

"〈판도라〉를 만든 장본인이 동행하니 괜한 걱정일랑 말게. 위험부담이 줄어든 셈이니, 이보다 더 좋을 수는 없지 않은가?"

"……."

나는 아무런 대답도 하지 않았다. K박사에게서 불길한

느낌을 지울 수 없었기 때문이다. 그때, 세상으로부터 격리된 K박사는 제국이 세상의 종말을 가져올 것이라고 장담했었다. 당시에는 그 말을 곧이곧대로 믿는 사람이 없었다. 그저 주인에게 버림받고 적개심을 품은 자의 허언으로 치부했을 뿐이다. 하지만 K박사의 장담은 현실이 되었다. 세상의 종말이 이 전쟁을 뜻하는지 아닌지는 모르지만 말이다.

K박사가 사람들의 뇌리에서 잊힐 즈음, 제국은 도시국가를 일방적으로 편입시키려는 야욕을 드러내기 시작했다. 도시들은 연합을 이루었고 지금까지 제국의 무력행사에 대항하는 중이다. 그런데 10여 년이 지난 지금, 세상에서 자취를 감췄던 K박사가 나타난 것이다. 최종병기 〈판도라〉와 함께……

텔레프레전스에서 빠져나온 뒤, 내 마지막 임무에 대해서 나름의 정의를 내려 보았다.

여우 몰이라……. 사냥개는 여우를 쫓고, 영주는 자신에게 반기를 든 마을을 사냥한다. 여우를 사냥하는 건 사냥개일까? 아니면 사냥개의 주인일까?

답은 명확했다. 사령관의 역할은 영주일 것이다. 여우는

〈판도라〉고 사냥터는 뉴트럴왕 국이다. 결국, 〈여우 몰이〉
에서 내가 맡은 역할은 사냥개였다.

2. 얼음협곡의 은둔자

만년설이 뒤덮인 산맥을 관통하며 꼬불꼬불 이어진 얼
음협곡은, 동쪽의 신대륙과 서쪽의 구대륙을 연결하는 관
문이자 가장 빠른 지름길이다.

사시사철 자욱한 안개에 뒤덮여 있는 얼음협곡은 시간
이 정지된 것 같은 인상을 준다. 싸늘한 잿빛 공기는 숨소
리마저 얼려버릴 정도로 차가웠고 무엇보다도 공허했다.
끊이지 않고 귓전을 울리는 불길한 바람 소리마저 없었더
라면 그곳은 죽은 자들의 요람처럼 느껴질 뿐이리라.

얼음협곡 사이로 솟아 있는 일곱 개의 산봉우리마다 도
시가 하나씩 있는데, 그곳이 바로 '공중도시'이자 나의 마
지막 임무 〈여우 몰이〉가 시작되는 곳이다.

한때는 그곳에도 영광스러운 날들이 있었으나 이제는
기억에서조차 까마득히 잊혀가고 있을 뿐이다. 평화롭던
시절에는 사람들이 쉬어가던 장소로, 교역의 중심지로 번

영을 이루기도 했으나 일련의 사건들로 인해 교역의 발길이 끊기자 더는 존재함의 이유를 잃어갔다. 최후까지 남아 도시의 부흥을 도모하던 자들마저 알 수 없는 이유로 사라져버리자 흉흉한 소문만 무성한 곳이 되었다. 풍요로웠던 시절의 영광은 뒤안길로 사라졌고, 이제는 버림받은 곳이 되어 기억에도 희미해진 옛 추억을 간직하고 있을 뿐이다.

'공중도시'에는 아주 오래된 성이 하나 있는데, 그곳이 박사의 자택이자 실험실이다. 고성과 가까운 평지에 함선을 안착시킨 뒤, 선원들에게 박사를 찾아보라고 지시하고 혼자서 뜰로 나왔다. 누구의 방해 없이 잠시 혼자 있고 싶었다.

나는 자욱한 안개 사이를 거닐며 '공중도시'를 살펴보았다. 도시의 황량함은 변함없었지만, 성은 비교적 아늑한 느낌이 들었다.

"나는 왜 지금 이곳에 있는 걸까?"

다시 이곳에 올 거라고는 꿈에도 생각하지 못했다. '공중도시'에 발을 들여놓지 않으리라 다짐했던 내 바람이 헛된 맹세가 되어버린 것이다.

상념에 젖어 있을 때, 자욱한 안개 사이에서 인기척이 났다.

"누구냐!"

나는 권총이 있는 허리춤에 손을 가져가며 주위를 경계했다.

"크크. 놀라야 할 사람은 나인 것 같소만……. 침입자는 당신이지 내가 아니니까."

어느새 나타났는지 한 사내가 등 뒤에서 서늘한 웃음을 흘리고 있었다. 긴 얼굴에 날카로운 인상을 지닌 창백한 안색의 사내였다.

그자가 K박사라는 사실은 직감적으로 알았지만 불쾌함을 감추지 않았다.

"이곳의 인사법은 이런 식인가 보군요."

"무례했다면 용서하시오. 손님의 방문이 하도 오래전이라 사람과의 첫 대면을 어떻게 해야 하는지 잊고 말았소. 난 사람과의 관계 맺음이 서툴다오."

"당신이 K박사인가요?"

"예전에는 그렇게 불렸지요. 하지만 지금은 '얼음협곡의 은둔자'라 불리는 게 더 마음에 든다오."

K박사는 키가 크고 호리호리한 체형을 지니고 있었다. 무릎까지 내려오는 두꺼운 코트를 입었는데, 실제 키 보다 더 커 보이게 만들어 위압감이 들었다.

"여기까지 온 것을 보면 매우 용감하거나 굉장히 무모한 사람이라는 생각이 드는군요."

"그 말은, 이곳이 오지 못할 곳이라는 얘기처럼 들리는
군요."

강요에 의한 선택이었다고 해도 내 몫이 된 이상 빠져나
갈 방법을 구하는 것 보다 받아들이는 편이 훨씬 현명하다.

"이곳은 자의적으로 찾아오기란 어려운 곳이지요. 소문
을 익히 들어 알고 있다면 말이오. 사람들은 소문에 귀를
기울이는 속성이 있으니까."

K박사는 나의 일거수일투족을 하나하나 관찰하며 말
했다.

"하지만 소문을 직접 확인하려는 욕구도 있습니다. 누가
나를 당신에게 보냈는지를 알고 싶은 건가요?"

"둘 중 하나겠지요. 하지만 내 도움을 필요로 하는 곳은
제국보다는 도시연합일 거라는 생각이 드는군요."

박사는 명석했고 또 영악했다.

"실례했습니다. 도시연합 제2 수송선단의 〈타임조커〉호
함장인 M 대령입니다."

나는 정중히 예의를 갖췄다. 더는 쓸데없는 언쟁으로 시
간을 소모하고 싶지 않았기 때문이다.

"박사가 보내주신 호의와 성원에 도시연합의 시민들은

깊은 감사의 마음을 가지고 있습니다. 도시연합을 대표해서 박사를 모시러 왔습니다."

내 의중을 알아챈 K박사도 형식적으로 대화를 풀어나갔다.

"실패한 미치광이의 의견에 귀를 기울여주셔서 송구할 따름이오. 초면에 실례가 많았소이다. 이미 알고 있을 테지만 난 그녀를 만든 작자라오."

"제 함선에 실을 도시연합의 비밀병기는 어디 있습니까? 그것을 어떻게 옮길 것인가에 대해서도 고민해 봐야 할 것 같으니까요."

"그럼, 내 실험실을 먼저 둘러보아야겠군요. 시간은 많으니 깊은 얘기는 차후로 미루지요. 아 참! 그리고 〈판도라〉는 그것이 아니라, 그녀라오."

K박사가 〈판도라〉에게 여성성을 부여하는 게 의아했지만 되묻지 않았다. 곧 그녀를 만나게 될 테니까.

나는 박사를 따라서 성의 안쪽에 자리한 실험실로 발길을 옮겼다.

실험실에 들어서자마자 비릿한 냄새가 진동하며 코끝을 찔렀다. 시험관 속에서는 자욱한 연기가 뿜어져 나왔고,

해부한 생명체를 담아놓은 용기들이 즐비하게 늘어서 있었다. 용기 중에는 난생처음 보는 생명체도 있었는데, 다양한 동물의 특징적인 부분을 조합해 놓은 것처럼 보였다.

신경이 곤두섰고 K박사의 기이한 악취미에 참을 수 없는 구역이 치솟았다.

"조금 놀라셨을 거라는 생각이 드는군요."

박사의 빈정거림에 불쾌감을 느꼈지만, 약점을 잡히거나 조롱거리가 되고 싶지 않았다. 그래서 억지웃음을 지어 보였다.

"그다지 좋은 취미는 아닌 것 같군요. 일반적인 취미를 갖는 것이 사람과의 관계 맺음에 도움이 되지 않을까 싶군요."

"큭큭큭. 함장의 애정 어린 충고 고맙소. 내 기꺼이 따르리다."

〈판도라〉는 한 아름에 안을 수 있을 정도의 아담한 크기였다. 표면은 미라의 굳어버린 살갗처럼 딱딱했지만, 탄력이 있었고, 외부로 돋아난 돌기는 신경세포의 그물망처럼 연결되어 있었다. 기형적인 생명체는 아니었지만, 신체 일부분을 연상시켰고, 가끔 느껴지는 울림은 기계음이 아닌 느리게 뛰는 심장 소리 같았다.

멈춰버린 심장……. 그녀 아니, 그것을 처음 본 순간 얼핏 스쳐 간 생각이었다. 그러나 나는 냉소를 머금고 비아냥거렸다.

"다행히 여성은 아니고, 상자도 아니군요."

K박사의 기행에 진절머리가 난 터라 어떻게 해서든지 그것을 폄하하고 싶었기 때문이다.

"게다가 생각보다 위험해 보이지도 않고요."

외형은 불쾌감을 느끼게 하기에 충분했으나, 전쟁을 끝낼 수 있는 유일한 병기라는 생각은 들지 않았다.

"보이는 것은 단지 일부에 지나지 않는다오. 속성은 다를 수 있으니까요."

내 비아냥거림에도 초연히 미소 짓던 박사는, 약품을 보관하는 수납장으로 다가가 서랍을 뒤적이더니 이내 붉은 액체가 담긴 병 하나를 꺼내 보였다. 그리고 주사기에 붉은 액체를 담았다.

박사가 그것에게 한 방울을 떨어뜨렸고 순간, 눈앞에서 믿기지 않는 일이 일어났다. 딱딱하게 굳어 있던 〈판도라〉의 표면이 내부가 보일 정도로 투명한 빛을 띠는가 싶더니 순식간에 붉게 변한 것이다.

"사, 살아 있군요!"

내가 흠칫 놀라는 것을 봤는지 박사의 얼굴에 야릇한 미소가 번져나갔다.

"자신의 말이 보잘것없는 지식에서 비롯된 것인지 안다면 아마, 무지한 것에 대해서 쉽사리 얘기하지 못할 테지요."

박사의 말에 폐부를 찌르는 부끄러움을 느꼈다.

"사유한다는 것이 무엇이라 생각하시오? 생각이 인간만이 갖는 고유한 속성이나 특권이라고 생각하시오?"

박사의 질문에 숨겨진 의도가 있음을 직감적으로 느꼈다.

"박사는 〈판도라〉가 생각을 한다고 주장하고 싶은 건가요? 조금 전의 그 반응이 생각이라고 말하는 겁니까?"

"바로 맞췄소. 그녀는 유기체이며 기계인 동시에 생각하는 존재이지요."

박사가 왜 〈판도라〉를 그녀라 지칭했는지 그 이유를 알 것 같았다.

"고대로부터 현재까지 쌓아온 생물학적 지식은 일체의 유기체를 기계로만 여기지요. 생각 역시 행동을 야기하는 전기적인 신호에 불과할 뿐이고……. 유기체의 신경계가 좀 더 복잡할 뿐이지 기계의 시스템과 별반 다르지 않다오."

K박사는 생명현상을 물리 화학적 작용의 일부일 뿐이라고 주장했다.

"박사는 단순히 수학적 계산을 생각에 비유하고 있소. 인간의 정신이나 마음, 생각이 인과성에 의해 결정되는 것은 아니니까요."

"인과성 또는 수학적 계산! 그것이 바로 내가 말하는 사유요."

"단지 수학적 계산이 사유라면, 인간에게 부여된 지식과 도덕성은 어떻게 설명할 수 있다는 말이지요?"

"도덕이라는 것은 학습에 의한 것이지 보편적인 진리가 아니오."

"인간의 양심이 학습에 의한 것이라고요?"

인간의 고귀함을 하찮은 것으로 만들어버리는 박사에게 생명체를 조합해 새로운 생명체를 만들려는 시도는 너무나 당연한 일이었는지도 모른다.

울컥 치밀어 오르는 분노를 삭이기 위해 이를 꾹 깨물었다.

"함장. 도덕이 인간의 양심과 동의어라면 이 전쟁을 어떻게 설명하시겠소? 도덕과 양심이 전 인류에게 공통된 가치 기준을 갖고 있다면 전쟁이란 성립 자체가 불가능해야 할 것이오."

어떻게 받아들여야 하는지 혼란스러웠다. 무슨 말인가 하고 싶었지만 정의되지 않은 논의만이 머릿속을 맴돌았다.

"세상이 인간의 양심이나 정의로 운행되지 않는다는 사실을 망각하지 마시오."

박사는 긴장의 고삐를 놓지 않고 말을 계속 이어나갔다.

"도덕이라는 것은 한 문화권이 가진 관습들의 총체에 불과할 뿐이오. 각 문화권에서의 관습은 서로 다르므로 도덕성 역시 보편적인 기준이 될 수 없소. 어차피 이 전쟁도 관습의 차이에서 비롯된 전쟁이 아니던가요?"

관습의 차이에서 비롯된 전쟁이라…….

그럴지도 모른다. 문화와 관습이 다르다는 이유가 전쟁의 구실이 되었으니까. 국익의 이해관계가 얽혀 있긴 하지만 전쟁이 사소한 이유로 시작될 수 있다는 게 그저 놀라울 뿐이다.

도시연합에 속한 각 도시는 저마다의 고유의 문화를 갖고 있다. 하지만 보편적인 동질감을 찾으려 했던 제국에게 문화의 다양성은 걸림돌일 뿐이었다. 일례로 나의 도시에서는 가면이 성스러운 도구로 사용됐지만, 제국에서는 단지 축제를 위한 도구일 뿐이다. 가면이 서로 다른 문화권에서 성스러운 도구와 쾌락적인 도구라는 상반된 두 가지 관념으로 존재한 것이다.

제국은 강압적인 문화 동질화 정책을 시행하며 위령 기간에만 가면을 쓸 수 있도록 하는 법안을 포함했다. 그 때문에 제국의 문화 동질화 정책을 거부한 '가면의 도시' 사람들은 이 전쟁을 전통을 지키려는 숭고한 투쟁이라 믿고 있다. 나 역시 동의하며, 그 믿음에는 변함이 없다.

3. 공중항해

'공중도시'에서 〈판도라〉를 싣고 출항한 지 이틀째. 함선은 얼음협곡 사이를 유유히 흐르는 '안개 강'을 가르며 항해하고 있다. 모든 일이 순조롭게 진행되는 것 같다. 천둥 번개를 동반한 호우나 변덕스러운 돌풍, 기온의 변화도 감지되지 않았다. 불현듯, 마지막 임무를 성공리에 마칠 수 있게 될지도 모른다는 희망이 솟아났다.

함선은 날씨나 기온의 변화에 민감할 수밖에 없다. 함선이 도시연합의 과학과 기술력이 집약된 결정체라고는 하나, 예기치 못한 사고나 천재지변에는 속수무책이기 때문이다. 기낭이 찢어져 중력을 이기는 힘을 잃게 되면 가을 바람에 떨어지는 낙엽보다 나을 바가 없는 것이다. 이렇듯 공중을 항해하는 일에는 몇 가지 위험요소가 필연적으로 뒤따르게 마련이다.

　제국과 도시연합의 함선들은 오랫동안 공중을 떠다니며 작전을 수행한다. 맡은 임무가 무엇인지에 따라 항해 기간이 결정되기 때문에, 서너 달 이상 땅에 착륙하지 않을 때도 있다. 그래도 텔레프레젠스를 통해 사령부의 지시를 하달받거나 가족과의 소통이 이루어지기 때문에 큰 불편은 없다.

　양측의 함선은 종종 뜻하지 않은 곳에서 맞닥뜨리기도 하는데, 이럴 때 어떻게 대처를 해야 할지 가장 고민되는 경우라 할 수 있다. 이러한 상황에서의 도발은 무모한 자살행위와 다를 바 없다. 공중에서의 함포 전은 물자나 인력 등 양측의 피해가 클 수밖에 없는데, 어느 한 쪽이 일방적인 우위를 차지하기 어렵기 때문이다. 따라서 화물선이면 피해 가는 것이 관례이며, 양측이 전투선일 때도 어느 편에서도 적대감을 보이지 않는 경우 모르는 척 넘어가는 것이 상례이다.

　공중에서 만나게 될 또 다른 위협 중 하나는 체제를 반대하는 무정부주의자들의 반란행위이다. 두 세력을 정치적으로 부정하는 자들과 탈영병들로 주축을 이루며, 사회에서 격리된 범법자들과 도시에서 추방된 자들이 테러행위에 가담하고 있다.

평화를 외치며 전쟁을 반대하는 그들은 범법자들을 내세워 상선을 약탈하기도 하며 무고한 시민을 위협하는 등 무자비한 폭력으로 제국과 도시연합에 대항한다. 적군의 전투선보다 위험한 것인지도 모를 그들의 가장 큰 위협은 '공중부양 신호기'를 제멋대로 옮겨 궤도를 이탈하게 만드는 것이다. 함선의 항로가 대부분 노출되어 있어서 그들의 목표는 어느 정도 성과를 거두고 있다.

공중항해를 위태롭게 하는 것은 그뿐만이 아니다. 적군의 함선과 만나는 일이나 무정부주의자들의 훼방은 피해갈 수 없는 위험요소 중 하나일 뿐이라고 치부해버릴 수도 있다. 가장 두려운 것은 자신의 내면을 바라보는 일이다.

자신의 내면을 바라보는 일이 위험할 수밖에 없는 이유는, 철저한 고독감은 물론 원초적인 본성의 심연과 마주하게 되기 때문이다. 그리고 그 감정은 여지없이 뛰어내리고 싶은 충동으로 이어진다. 함선에서 뛰어내리는 선원 대부분은 감상적인 성향의 사람들이다. 그들은 고독감을 이기지 못하고 존재감을 상실한 채 자신을 내던진다.

존재감을 상실한다는 것이 언뜻 이해되지 않을 수 있다. 하지만 눈앞에 온통 새파란 공(空)만이 무한하게 펼쳐져 있다고 상상해 보라! 하늘 위는 오직 새파란 허공만 펼쳐진 세계이다. 구름 위를 벗어나면 새파란 빛이 한꺼번에 동공으로 쏟아져 들어오며 시공간감각을 마비시킨다. 푸른 공허는 세상을 기이하고, 생경하게 만든다. 그 상태가 몇 날 며칠 계속되면 문득 자신의 내면과 맞닥뜨리는 순간이 찾아온다. 적막이 흐르는 가운데 아무런 휴식 없이 자신의 내면을 접하게 되면 현기증을 느끼게 된다. 두려움이 깊어지면, 누구도 뛰어내리고 싶은 충동을 이기지 못할 것이다. 이러한 연유로 선원의 자격 검증에 감정을 조절하는 능력 시험이 포함되어 있다. 공중을 항해하는 일은 어쩌면 나같이 감정이 메마른 사람에게 유리한 직업인지도 모른다.

순조로운 항해가 지속되는 사이 K박사와 많은 이야기를 나누었다. 박사의 박학다식함과 인간적인 면모를 발견할 때면 새삼스레 놀라기도 했다.

박사는 끊임없는 질문을 통해 생각거리를 던졌는데, 어떤 질문은 불편했고 내 지식으로 답하지 못하는 질문도 많았다. 하지만 대화를 거부하지는 않았다. 왠지 모를 동질감을 느꼈기 때문일 것이다.

"함장. 과학이 인간을 변화시킬 수 있다고 생각하시오?"

"글쎄요. 인간을 변화시킬 수는 없을지라도 현실과의 관계는 변하겠지요."

박사는 잠시 뜸을 들이더니 말을 이었다.

"난 과학이 인간의 본성을 바꿀 수 있다고 생각했었소."

K박사는 자신의 주장을 강요하지 않았다. 충분히 사유할 수 있는 시간을 주며 내 대답을 기다렸다.

"인간은 개선할 수 있는 대상이 아닙니다."

"내 믿음은 과학적 진리에 근거했다오. 함장. 인간에게 있어서 진보란 무엇일 것 같소?"

"글쎄요. 인간의 진보는 신체가 아닌 정신에서 이루어지는 게 아닌가요? 또 사회의 모순을 개선하려는 의지가 진보일 수도 있고요. 인간의 정신은 문명을 발전시키지요."

"그럴지도 모르지요. 하지만 현대인들이 고대인들보다 더 진보했다고 말할 수 있겠소?"

나는 마땅한 대답을 찾을 수 없었다.

역사는 왜 반복되는 것일까? 현대인은 왜 고대인의 지혜에 미치지 못하는 것일까? 피비린내 나는 수많은 전쟁을 통해 현대인이 얻은 교훈이 무엇이란 말인가?

"나는 완벽한 생명체로서의 인간을 꿈꾸어왔소. 하지만 인간을 개조하는 것이 어리석은 일이라는 것을 깨달았지요."

박사의 말은 자신의 과오를 뼈저리게 후회하는 자의 고해성사처럼 들렸다.

"함장은 인간이 존중받아야 마땅하다고 생각하시오? 모든 생명체 중에서 유독 인간만이 존중받아야 할까요?"

"지금 그 말씀은 인간이 존중받지 못할 존재라는 뜻인가요?"

"큭큭. 인간이란 어리석은 존재지요."

질문에 대한 답은 아니었지만, 나는 수긍의 의미로 받아들였다.

"전쟁이 왜 일어났을까요? 이 전쟁을 일으킨 것이 무엇인 줄 아시오?"

박사의 갑작스러운 질문에 말문이 막혔다. 답을 알지 못했기 때문이다.

세상에! 그토록 오랜 시간 동안 내 믿음을 지키기 위해 싸운다고 믿었는데, 이 전쟁이 왜, 무엇 때문에 시작된 것인지 단 한 번도 질문을 해본 적이 없다니!

"바로, 두려움이라오. 그러나 대부분의 사람은 두려움이 그들을 지배한다는 것을 깨닫지 못해요."

그럴지도 모른다. 인간은 다름에 대한 배타적인 습성이 있기 때문이다. 미지에 대한 공포는 인간에게 내재 된 고유한 속성이자 분쟁의 씨앗이기도 하니까.

박사는 타인의 감정과 사고를 혼란 시키는 궤변의 달인이었고, 자신의 믿음에 동조하게 하는 힘이 있었다.

"이 전쟁이 끝나면 무엇을 하시겠소?"

K박사가 돌연 화제를 바꾸었다.

"글쎄요, 난 그동안 모험했던 여러 나라의 정보를 기록하는 일을 해보고 싶군요. 이젠 모험을 하기엔 적지 않은 나이니까요."

문득, 떠오른 생각이었다. 미래에 대한 계획 따위는 잊고 살아왔기 때문이다.

"박사는 어떤 계획이 있지요?"

"난 오랜 시간을 홀로 지냈소. 오래도록 유배나 다름없는 생활을 하고 나니 대화할 상대가 그립군요."

유배 생활이라……. 그건, 나 역시 마찬가지였다. 전쟁은 내 원죄에 대한 유배와 다르지 않았다.

"그것이 전쟁을 끝낼 수 있을까요?"

"물론이지요. 그것이 바로 그녀가 해야 할 일이니까."

"그렇게 된다면 더 바랄 게 없습니다만……."

내 대답이 과연 진심이었을까?

내 믿음이 빈약한 착각에 근거했지만, 한 번 내뱉은 이상 주워담을 수 없었다.

"한 가지 궁금한 점이 있습니다. 그때, 왜 잠적을 하셨던 거죠?"

대화하면서 박사에 대한 경계심이 차츰 완화되었기 때문에 궁금했던 질문을 슬며시 던졌다.

"내가 제국에서 어떤 연구를 했는지는 이미 잘 알려진 얘기일 텐데요."

"진실을 알고 싶은 것입니다."

"내 비밀을 알고 싶은 것이로군요."

박사의 비밀은 나와 관련된 일이기도 했다. 박사의 잠적이 내 운명에 깊이 관여했으니 말이다.

"제국은 나에게 인간의 손상된 세포를 재생시킬 수 있는 연구를 제안했소. 하지만 연구는 본질은 좀 다르지요."

"어떻게 다르다는 거지요?"

"그들은 노화를 막고자 했어요. 영생을 꿈꾸었던 게지요."

"영원불멸한 존재라……."

"처음에는 모든 일이 계획대로 진행됐지요. 세포의 노화를 막지는 못했지만 재생시킬 수는 있었지요. 하지만 모든 일이 뜻대로 이루어지지 않는지라……."

"부작용이군요."

"그렇소. 그들은 흉측하게 변해갔소."

인체의 나약함을 보완하고 개선하려는 노력은 획기적인 성과로 이어졌다. 그러나 실험에 참가한 사람 중 일부에서 손상된 부위의 세포가 터무니없이 변형되는 심각한 부작용이 생긴 것이다.

"연구가 실패를 거듭하자 연구팀에서조차 이견이 생겨났소. 그 뒷얘기는 선장도 잘 알 거라 생각되는군요."

물론 잘 알고 있었다. 당시의 사건은 전 세계적인 화젯거리였으니까.

제국의 연구를 반대했던 도시들이 인체가 실험 대상이었다는 것을 맹비난했다. 박사는 자신의 실수를 인정하고 그동안의 성과와 가능성에 대해서 항변했지만, 책임자로서 면책을 피할 수는 없었다. 박사는 권력의 희생양에 지나지 않았던 것이다.

"도덕성 논란과 여론의 비난에 몰린 제국은 실험의 내용을 은폐하려고 했다오."

K박사의 양미간은 심하게 일그러져 있었다. 떠오른 기억을 애써 외면하려 하는 것 같았다.

"그것은 자연의 섭리에 위배 되는 일이었소. 우리는 신의 영역에 도전했던 것이지요. 그로 인해서 벌을 받은 건지도 모릅니다."

신의 영역을 흠모하는 인간은 끊임없어 신의 마음을 탐구하기 마련이다. 창조란 어쩌면 신을 닮고자 하는 인간의 욕망은 아닐까?

인간에게 주어진 상상력과 호기심은 창조를 가능하게 만드는 원천이며 자아 보존의 본능 같은 것인지도 모른다. 도덕성이 호기심의 한계를 제한된 범위 안에 구속시키는 역할을 하지만, 인간은 신을 닮아가려는 노력을 멈추지 않을 것이고 언젠가는 신이 되고자 할 것이다. 그로 인해 갈등을 초래하게 되더라도 그것을 받아들일 수밖에 없다. 그것이 신을 닮은 인간에게 주어진 굴레니까.

"함장, 이번에는 당신 얘기를 좀 들어볼까요? 당신도 상처가 있는 듯 보이는군요."

박사의 통찰이 정곡을 찔렀다.

"전쟁이 시작되기 전, 도시연합은 박사의 행방을 수소문하고 다녔지요. 또 박사를 찾는 원정대를 조직하기도 했습니다."

"날 찾은 이유가 뭐지요?"

"박사가 사라지기 전에 남기신 얘기는 도시연합 지도자들에게 많은 호기심을 불러일으켰지요. 무슨 뜻인지 알고 싶었던 것입니다."

전운이 감돌던 무렵, 도시연합은 박사를 찾아 나서는 계획을 추진했었다. 박사가 제국에서 한 연구가 어떤 목적에서 진행되었는지 알고 싶어 한 까닭이었다. 제국이 전쟁을 준비하고 있었다는 명확한 증거를 찾을 수 있으리란 생각이었다. 전쟁의 정당성을 확보할 수 있으니까.

"내가 했던 말이라니요?"

"떠도는 소문에 의하면 박사가 종말에 대한 언급을 하셨다고 하더군요."

"아! 그 얘기로군."

박사는 호탕하게 웃었다.

"별 뜻 없는 얘기였소. 미친 작자의 입에서 어떤 소리는 안 나오겠소?"

"박사를 찾아 나선 원정대 중 다시 고향으로 돌아온 사람은 단 한 사람도 없습니다."

무겁게 입을 연 내 목소리에는 박사에 대한 원망이 배어 있었다.

박사는 반응을 떠보려는 저의를 아는지 모르는지 놀라는 기색은 찾아볼 수가 없었고 그다지 새로울 것 없는 이야기를 듣는 듯 식상해 했다.

"그들을 만나기는 했소만 고향으로 돌아가지 못했다는 것은 처음 듣는 얘기군요. 늦었지만 고인들의 명복을 비오."

박사가 건넨 말은 너무나도 상투적이었다.

"그때, 무슨 일이 있었던 거지요?"

"그 당시 '공중도시'에는 알 수 없는 일들이 벌어졌소. 사람들이 흔적도 없이 사라져가고 있었지요. 그 이상은 나도 모른다오."

그 무렵, 박사를 찾으러 나선 원정대가 실종되자, 원정대를 찾기 위해 탐사대가 조직되었다. 나는 그 탐사대 중 하나인 '방문자'호의 일등 항해사였다.

"아 놀라운 이야기로군요. 어쩌면 함장과 나는 보이지 않는 인연의 끈으로 연결되었는지도 모르겠군요."

그뿐이었다. 박사에게 기대할 수 있는 소식이 더는 없는 듯했다. 그래서 나도 더는 묻지 않았다.

4. 실종

얼음협곡의 항해를 시작한 지 넷째 날. 예기치 못한 사건이 발생했다.

험하고 가파른 협곡을 빠져나가기 직전이었다. 이곳은 함선의 '무덤'이라고 불릴 정도로 조정이 쉽지 않은 곳이었는데, 엎친 데 덮친 격으로 잠잠했던 돌풍마저 불어 닥쳐 이상 기류를 만들어내고 있었다. 함선은 양 날개를 접고 기낭과 동력에 의지해 언제 닥쳐올지 모를 기류 변화에 신경을 곤두세우고 있었다. 이상기류에 빠져들면 함선이 수직으로 강하하게 되는데 이때, 갑작스러운 기압의 변화로 충격이 온몸으로 전해지며 심할 경우 고막이 터지는 불상사가 생기기도 한다.

그날 밤, 함선은 이상기류에 휩쓸려 두어 번 급강하를 반복하고 새로운 아침을 맞았다. 나는 조타실에서 항해사와 조타수들과 함께 안간힘을 쓰며 뜬눈으로 새벽을 맞이한 참이었다.

"도대체 무슨 말인가?"

"아무래도 함선 밖으로 떨어진 것 같습니다. 샅샅이 찾아보았지만, 흔적을 발견할 수 없습니다."

선원 중 하나가 사라져버렸다는 보고였다.

"마지막으로 목격한 시간이 언제지?"

"어젯밤 근무 교대 직후였으니까, 아마 11시쯤. 그 이후로는 보지 못했습니다."

"마지막으로 본 사람은 나인 것 같군요. 새벽에 그 선원을 본 것 같소만."

박사는 선미 주위를 서성거리는 선원을 언뜻 보았는데, 대수롭지 않은 일이라 여기고 자신의 방으로 되돌아갔다고 말했다.

"다른 선원들도 알고 있나?"

실종 사건은 다른 선원에게 혼란을 가져올 게 불 보듯 뻔했다.

"네, 모두 알고 있습니다."

"함장님. 어떻게 하실 건가요?"

항해사가 물었다.

함선은 이틀 후면 얼음협곡을 빠져나갈 것이다. 되돌아가기에는 너무 멀리 와버린 것 같았다.

실종된 선원을 찾기 위해 되돌아간다는 것은 너무나 무모한 일이다. 단 한 명의 선원을 찾기 위해서 다른 승무원들까지 위험에 빠뜨릴 수는 없으니까. 대의를 위해서라면 개인의 희생을 감수하는 것이 조직의 구성원이 감당해야 할 몫이다.

"여분의 식량과 물을 남겨두도록 하게."

나는 구호품을 남겨두고 항해를 계속하라고 지시했다.

곧이어, 구호품이 매달린 '공중부양 조난신호기'가 함선의 뒤쪽에서 모습을 드러냈다.

'공중부양 조난신호기'는 기류를 타고 되돌아갈 것이다. 한동안 공중을 떠돌며 누군가에게 발견되기를 기다릴 것이다. 혹여 찾기라도 한다면 그는 며칠간은 연명할 수 있으리라.

공중에서 함선의 균형감각을 놓치지 않는 일은 무의식적이고 또 반복된 반응을 보인다. 거대한 함선을 띄우기 위한 분주함 속에서 오는 미묘한 긴장감이나, 이륙한 후에 얻어지는 안도감은 언제든지 추락할 수 있다는 강박적인 불안과 동시에 찾아온다. 한번 몸에 익힌 습관은 쉽게 잊어버리지 않는 것처럼 불안 역시 습관적으로 나를 찾아왔다.

함선은 도시연합의 과학과 첨단기술의 결정체다. 함선은 큰 기낭 속에 공기보다 가벼운 기체를 넣고 그 뜨는 힘을 이용하여 공중을 날아다니도록 만들어졌다. 속도가 느리고 기낭이 커서 많은 면적을 차지하는 결점이 있지만, 그만큼 수송선으로 활용하기에 적합했다.

함선은 개별적인 부속들이 모여 하나의 유기체를 이룬다. 주동력기관은 증기기관으로, 보일러에서 보낸 증기의 팽창과 응축이 피스톤을 왕복 운동시킴으로써 동력을 얻는다. 대부분의 동력은 함선의 좌우 날개를 회전시키는데 사용하고 나머지는 방향을 조정하는 좌우 프로펠러를 돌린다.

키를 조정하는 조타실은 풍향과 날씨, 공중에서의 위치를 파악하기 좋은 선두에 자리하고, 조타실 바로 뒤에 기관실이 위치해 있다. 중앙 하단부는 화물칸으로 사용되고, 선미는 증기기관에 필요한 물을 담는 수조와 선원들의 침실, 식당, 그리고 항해에 필요한 물품 등을 보관하는 창고가 있다.

수조의 물은 고도를 조절하는 가장 중요한 역할을 하며, 함선 내부에 연결된 증기관을 통해서 각 선실의 난방을 담당한다. 이렇게 제 역할을 수행하는 각각의 장치들이 조합을 이루면 거대한 기계덩어리가 살아 움직이기 시작한다.

함선이 생명체가 되는 순간, 증기기관은 심장이 되고 배관은 혈관이 되며, 함선의 구석구석을 타고 흐르는 물은 피가 된다. 나 역시 유기체의 일부인 신경세포가 되어 거대한 기계덩어리가 공중을 날 수 있도록 하는 부속품이 되고 만다. 많은 부분이 일정한 목적 아래 각 부분과 전체가 필연적 관계를 가지는 조직체, 나와 내 함선은 유기적인 관계가 되는 것이다.

다섯째 날. 하루 사이 또 한 명의 선원이 사라졌다. 선원의 부재는 유기체의 일부분이 떨어져 나간 것과도 같다. 의아한 일이었지만 사령관에게 보고해야 할 만큼 중차대한 문제라고 생각되지는 않았다. 함선 운영과 안전관리는 전적으로 함장의 책임인데다 비밀임무를 수행하고 있기 때문이다.

선원들 중 누군가는 전쟁에 환멸을 느끼고 탈영했다고 얘기하기도 했다. 탈영은 공공연한 일이었지만 나와 함께 생사고락을 함께한 동료가 상의도 없이 이탈했다는 일은 있을 수 없었다. 게다가 얼음협곡에서 빠져나올 수 있는 방법은 함선을 이용하는 것뿐이다. 그것을 잘 알고 있으면서 무모하게 함선을 벗어나는 일은 하지 않을 것이다. 항해는 멈출 수 없다. 정해진 시간 안에 목적지에 도착하기 전까지, 무슨 일이 있어도 계속되어야 했다. 대의를 위해서는 어쩔 수 없었다.

선원의 실종은 오래전의 기억을 떠올리게 했다. 나는 아직도 십여 년 전의 그날을 생생히 기억하고 있다. 실종된 원정대를 찾아 나서는 일은 굉장히 무모하고 고된 일이었다. '방문자호'의 임무는 실패로 끝났고 생존자는 오직 나와 함장뿐이었다.

'방문자호'의 함장은 기회주의적인 인물이었다. 실종된 원정대를 찾는 임무에는 안중에도 없었으며 어떻게 하면 명예를 얻을 것인지에만 골똘한 사람이었다. 그는 일찌감치 탐색을 포기하고 어떻게 해서든지 빨리 돌아가기만을 손꼽았다.

'공중도시'에 도착했을 때, 도시는 텅 비어 있었다. 살육의 흔적만 남아 있을 뿐, 살아 있는 생명체는 찾을 수 없었다. 도시 곳곳에 묻어 있는 핏자국을 통해 치열한 교전이 있었을 것으로 예상했을 뿐이다.

'방문자호'는 '공중도시'에서 이륙하기 직전에 공격을 받았다. 함장은 보고서에 반란군의 공격으로 선원의 대부분이 희생되었다고 기록했다. 하지만 그것은 거짓이다. 누가 보더라도 어린이와 노약자와 부녀자가 대부분인 그들을 반란군이라고 보기는 어려웠다. 게다가 당시의 반란군은 지금처럼 거대한 세력을 유지하지는 않았다. 그들은 '공중 도시'에서 살아남은 마지막 시민들이었다.

그날, 무슨 일이 벌어졌던 것일까?

'방문자호'가 이륙 준비를 마쳤을 때, 도시 곳곳에 숨어 있던 생존자들이 하나둘 모습을 드러냈다. '방문자호'를 향해 달려드는 사람들은 패닉에 빠져 있는 것처럼 보였다. '방문자호'는 그들을 태울 수 없었다. 중대한 임무 때문이기도 하거니와 피란민들을 태울 수 있는 형편이 못되었기 때문이다.

나는 일등 항해사라는 직분으로 '방문자호'에 남았지만 모든 선원은 쏟아져 나오는 사람들을 막아서기 위해 함선에서 내려섰다. 선원들은 도시를 빠져나가려는 군중들의 아우성을 막을 수 없었다. 누군가의 명령에 의해서 발포가 시작되었고 곧이어 살육이 벌어졌다.

죽음을 무릅쓸 정도로 급박했던 것일까? 시민들은 선원들의 무기를 빼앗아 공격했고 급박한 상황을 인지한 함장은 이륙을 명령했다. 두려움에 휩싸여 있던 나는 한 치의 망설임도 없이 함선을 이륙시켰다. 남아 있던 선원들은 죽임을 당했다. 동료들의 절규가 메아리쳤지만 나는 함선을 되돌리지 않고 얼음협곡을 빠져나갔다. 오직 그 지옥에서 빠져나가야 한다는 강박에 사로잡혔기 때문이다. 동료들의 절규가 환청으로 들렸지만 난 애써 외면했고, 이내 요란한 기계음에 묻혔다.

그때, 나는 왜 그런 비열하고 부도덕한 짓을 했던 것일까? 이성이 마비되기라도 한 걸까? 대체 나에게는 무슨 일이 벌어졌던 걸까?

나와 함께 살아남은 함장은 십여 년이 지난 지금 도시연합의 사령관 자리에 올라 있다. 그것이 숙명처럼 나를 옥죄고 있는 것이다. 그것이 나의 원죄이며, 그러므로 내 삶은 유배와 다를 바 없다. 안타깝지만 공포가 인간을 지배한다는 박사의 말은 진실이다.

햇살이 조타실 내부로 쏟아져 들어왔다. 산맥에서 제일 험하고 가파른 협곡을 벗어나자 맑게 갠 날씨가 함선의 시야를 넓혀준다.

"무슨 생각에 그리 깊이 잠겨 있소? 표정을 보니 달갑지 않은 기억을 떠올린 것 같군요."

박사가 물었다. 죄책감에 일그러진 표정을 본 모양이었다.

"아, 별일 아닙니다. 그저 옛일들이 떠오르는군요."

"누구나 고통스러운 기억이 한 가지쯤은 있기 마련이지

요. 내 얘기를 좀 해볼까요?"

박사는 마치 내 속을 꿰뚫어 보는 것 같았다.

"한때는 철저하게 버림받은 내 운명을 저주하며 원한을 되새겼던 적이 있지요."

박사의 말에는 그동안 받았을 번뇌와 고통의 나날들이 고스란히 담겨 있었다.

"하지만 날 짓누르는 고통은 환상이었소. 망상 말이오. 아무도 날 기억하지 않는데 나 혼자만이 자학하고 있었건 거지요. 오히려 존재하지 않음으로 내 자신이 용서받았다고 해야 할까요? 사람들의 망각이 날 자유롭게 해주었소."

버림받았다는 사실만으로도 존재는 망각되기 마련이다.

"유배생활을 통해서 얻은 깨달음이 뭔지 아시오? 과거의 원한이나 상처 따위는 빨리 잊어버리는 편이 현명하다는 것이라오."

"하지만 죄책감은요?"

"현재만이 중요할 뿐이오. 과거로부터의 고통은 이성을 마비시키고 자신을 파멸시킬 뿐이지요."

과거의 기억이 살아 있는 생물처럼 내 안에서 꿈틀거렸다.

"함장. 인간은 누구나 세상이 자기들 중심으로 돌아간다고 믿지요. 자신의 선택이 자유의지이며, 삶을 개척해 나가는 지표라고 생각해요. 하지만 자신이 누군가에 의해 선택될 수 있다고는 생각하지 않아요."

"난 운명론자가 아닙니다."

"세상에는 자신의 뜻과는 상관없이 진행되는 일이 너무나 많지요. 삶은 선택이 아니라 선택됨의 연속이니까요. 고통도 마찬가지라오."

"고통이 날 선택했다고요?"

"그래요. 함장. 겸허히 받아들이기만 하면 된다오. 고통과 죄의식이 당신을 선택했으니 말이오."

문득, 평온해지는 기분이 들었다. 박사의 말은 내면 깊은 곳에 똬리를 틀고 있는 죄의식을 잠재워주는 것 같았다. 잠시였지만 나를 구속하던 고통에서 완전히 벗어난 느낌이 들었다. 전에 느껴보지 못했던 해방감에 전율이 일었다.

나도 내 원죄로부터 구원을 받을 수 있을까? 어쩌면 그럴 수 있을지도 모른다. 망각이 나를 선택한다면…….

함선은 쾌속 순항을 이어나가고 있다. 고도를 높여서 항해하고 있기도 했지만, 며칠째 적들의 함선도 관찰되지 않는다. 지금 이대로라면 예정대로 목적지에 도착할 수 있을 것 같다. 이변이 없는 한 내 마지막 임무를 방해하는 것은 아무것도 없을 것이다.

5. 판도라의 상자

항해를 시작한 지 엿새째 되는 날.

얼음협곡을 빠져나가려는 찰나, 굉음과 함께 심한 충격이 함선 내부에 전해졌다.

"함장님! 오른쪽 프로펠러가 산의 봉우리에 닿았습니다."

항해사가 보고했다.

"어떻게 된 건가?"

"계기판은 이상이 없었는데, 고도가 순식간에 낮아졌습니다."

선미로 나가자 오른쪽 프로펠러의 파편이 공중에서 흩어지는 모습이 보였다. 절벽에 부딪힌 충격으로 또다시 함선이 심하게 요동쳤다.

"고도가 갑자기 낮아졌다고? 수조의 물은 얼마나 남았지?"

"수조는 이상 없습니다. 하지만 함선이 조금 무거워졌습니다."

이상한 일이었다. 함선의 무게가 갑자기 늘어날 이유가 없으니까.

"불필요한 화물을 정리하고 고도를 높이도록 하게."

나는 항해사에게 불필요한 화물을 버리라고 지시했다.

함선에 불필요한 화물은 많지 않다. 최적의 화물만 선적하기 때문이다. 그럼에도 버려야 한다면 수조의 물 정도일까? 물이 없어도 하루, 이틀은 버틸 수 있고 그사이 목적지에 도착할 수 있다.

"수조의 물을 절반으로 비우게."

문득, 무언가가 뇌리를 스쳐 지나갔다. 불길함에 사로잡힌 나는 화물칸으로 쏜살같이 내려갔다. 아니나 다를까, 〈판도라〉는 두 배 가까이 커져 있었다.

나는 곧장 박사에게 달려가서 이유를 따져 물었다.

"박사. 그것의 크기가 왜 커진 거요? 자라기라도 한 거요?"

"내가 이미 말했잖소. 그녀는 생명체라고……."

박사는 아무 일도 아니라는 듯이 무덤덤하게 대꾸했다.

"당신의 발명품에 대한 애착은 이해되지만, 함선 안에서는 내 명령에 따라야 하오. 함선의 안전을 위협하는 일이 생기면 임의로 처분하도록 하겠소.”

나는 단호하게 말했다.

“당신 마음대로 어찌할 수 있다고는 생각하지 마시오. 사령관이 허락하지 않을 것 같소만.”

박사가 비아냥거렸다.

이것은 매우 중대한 사안이었다.

나는 선원을 시켜서 화물칸 입구에서 경비를 서라고 지시하고, 또 다른 선원에게는 K박사를 감시하라고 했다. 그리고 사령관에게 보고하기 위해 텔레프레젠스에 접속했다.

“무슨 일인가? 대령.”

“문제가 있습니다. 〈판도라〉가 살아 있습니다. 며칠 전, 선원 둘이 실종됐는데, 아무래도 그것과 연관이 있다는 생각이 듭니다. 뭔가 조치를…….”

사령관이 내 말을 가로막았다.

“그래. 자네의 고충은 십분 이해하네. 자네는 그저 맡은 임무만 충실하면 돼.”

“사령관님!”

“대령. 사사로운 감정 때문에 대의를 그르칠 셈인가? 세계의 평화가 자네 손에 달려 있네.”

사령관의 말에 항변의 여지는 없었다.

나는 텔레프레젠스에서 빠져나오자마자 다시 박사를 찾아갔다. 이유를 알고 싶었기 때문이다.

"그녀는 가장 순수하고 완전무결한 생명체요. 함장."

박사의 말을 듣는 순간, 나는 자신만의 기준으로 세상을 재단하려고 했다는 사실을 깨달았다. 이번 임무를 성공리에 마칠 수 있을지도 모른다는 생각은 그저 헛된 바람이었을까?

"그래서 인간보다 더 우위에 있는 생명이라고 말하고 싶은 건가요?"

"맞아요. 그녀는 새로운 종의 어머니이자 영원불멸한 존재요. 인류는 〈판도라〉를 탄생할 수 있게 한 이 전쟁을 고마워해야 할 거요."

K박사는 그것의 존재를 매우 자랑스러워하고 만족해했다. 하지만 그것은 단지 인간이 만들어낸 치명적인 발명품들 중에 하나일 뿐이다. 전쟁이 낳은 사생아일 뿐이다.

"흥, 전쟁을 옹호하는군. 박사. 당신은 헛된 망상을 품고 있소."

나는 신랄한 어조로 박사를 비판했다.

"새로운 생명의 탄생에는 언제나 고통과 희생이 동반된

다오.”

박사에게 느꼈던 동질감과 호감은 일순간 적의로 뒤바뀌었다. 그동안 K박사와 나눴던 교감이 모두 꾸며낸 것이라는 데에 극심한 배신감을 느꼈다.

“내가 당신을 잘못 봤소. 당신은 패배자요. 자기 자신에게조차 거짓말을 일삼고 있으니까.”

화가 치솟아 올랐다. 박사의 말이 모두 옳았기 때문이다. 어쩌면 원죄로부터 벗어날 수 있으리라는 희망이 송두리째 사그라졌기 때문인지도 모른다.

삶은 내 뜻과는 아무런 상관없이 진행되었다. 내가 자유의지라고 믿는 선택 역시 내 것이 아니었다. 나는 운명이라는 주인의 명령을 받아들여야 하는 사냥개에 불과한 것이다.

긴 항해에 지친 선원들에게도 달콤한 휴식이 찾아왔다. 불미스러운 일이 있긴 했지만 예정된 시간에 목적지에 도착한 것이다.

뉴트릴왕국은 축제 분위기에 흠뻑 젖어 있었다. 거리는 축하 행렬로 진을 치렀고, 공중은 불꽃이 화려하게 수놓고 있었다. 실로 오랜만에 보는 평화로운 풍경이었다. 그러나 나는 불안을 떨칠 수 없었다. 추악한 본성을 감추고 미소 짓는 세상의 중심 한가운데 서 있었기 때문이다.

평화는 가면일 뿐이다. 세상은 누구도 상상하지 못할 음모를 숨긴 채 평화라는 가면으로 자신을 치장하고 있는 것이다.

"함장님. 비상사태입니다!"

교신기에서 급박한 목소리가 터져 나왔다. 화물칸의 경비를 맡은 선원이었다.

"그, 그것이! 〈판도라〉가……."

외부 스피커로 변경한 찰나였다.

"으악!"

선원의 절규가 스피커를 통해 함선 내부에 울려 퍼졌다. 순간, 머릿속이 백지장처럼 새하얘지는 기분이 들었다. 오래전 기억이 기시감으로 되살아났기 때문이다.

항해사와 함께 화물칸으로 내려가는 동안에도 마음 한구석에 자리한 불길함을 떨칠 수 없었다.

안타깝게도 불길한 예감은 틀리는 법이 없다. 항해사와 나는 선혈이 낭자한 화물칸 입구를 보고 경악했다.

"하, 함장님! 어떻게 된 걸까요?"

들어가기를 머뭇거리고 있을 때, 위급함을 알리던 선원

이 화물칸 안에서 밖으로 모습을 드러냈다. 어찌 된 영문인지 한쪽 팔은 잘려나갔고 동공이 풀린 눈빛에는 절망이 깊게 배어 있었다. 얼빠진 얼굴로 우리 앞까지 걸어온 선원은 크게 휘청거리더니 맥없이 쓰러졌다.

"주, 죽었습니다."

맥을 짚어본 항해사가 말했다.

"빌어먹을!"

실종된 선원의 행방이 명백히 밝혀졌다.

이로써 희뿌옇던 과거의 그림자도 선명해지는 느낌이 들었다. 오래 전, 나의 원죄가 시작된 곳, '공중도시'의 시민들이 왜 공포에 질렸던 것인지…….

판도라의 상자가 열렸던 것이다. 그들은 그것에 의해 하나, 둘 죽임을 당했을 것이다.

"크크크."

언제 왔는지 박사가 기괴한 웃음을 흘리며 등 뒤에 서 있었다.

"이 괴물 같은 자식!"

난 다짜고짜 박사의 멱살을 잡고 벽에 힘껏 밀어붙였다.

"큭, 당신은 이미 알고 있었을 텐데."

박사의 눈빛이 시퍼렇게 번뜩였다.

두려움이 엄습해왔다. 난 그자에게 두려움을 느끼고 있었다.

도대체 지금 무슨 일이 벌어지고 있는 거지?

나에게 벌어지고 있는 일이 새삼 비현실적으로 느껴졌다. 낯선 장소, 낯선 시간 속에 발을 잘못 들여놓은 것 같은 느낌, 미리 예견하지 못한 순간 속에서 당혹스러움을 느끼는 것처럼 말이다.

"시끄러워!"

"누구도 진실에 저항할 수는 없지. 믿음과 행동은 단지 욕망의 표현일 뿐이니까. 과거를 부정한다고 당신이 했던 행동이 사라지는 것 아니오. 죄책감이 당신을 지배하고 있으니까."

박사는 공황에 빠진 내 심리를 집요하게 이용했다.

"집어치워!"

나는 왜 그자를 두려워하는 걸까? 무엇이 그자를 두렵게 만드는 것일까?

아니, 나를 두렵게 하는 것은 그자가 아니었다. 애써 잊고자 했던 진실이었다.

나는 넋을 잃은 채로 중얼거렸다.

"〈판도라〉를 없애야 돼……."

손아귀에서 힘이 빠져 그자의 멱살을 놓치고 말았는데, 박사는 제지할 겨를도 없이 잽싸게 빠져나갔고 얼빠진 채로 서 있던 항해사를 화물칸으로 끌고 들어갔다.

쾅쾅쾅!

"박사! 빨리 문을 여시오!"

나는 잠긴 문을 힘껏 두드렸다.

문의 창살을 통해 안을 들여다볼 수 있었는데, 그것은 이미 몰라볼 정도로 자라 있었다.

박사가 어리둥절해하고 있던 항해사에게 다가가는 게 보였다. 심상치 않은 일이 벌어졌음을 깨달은 항해사의 표정은 두려움에 일그러졌다.

"으악!"

외마디 비명과 함께 항해사가 자신의 팔뚝을 움켜쥐었다. 그의 팔뚝에서 붉은 선혈이 흘러내렸다.

"무슨 짓이야! 그만둬!"

박사는 〈판도라〉에게 다가가더니 자신의 손에 묻은 선원의 피를 떨어뜨렸다. 순간, 〈판도라〉의 박동이 뛰기 시작했다. 그리고 천천히 움직이기 시작했다.

"살려주세요!"

다리에 힘이 풀린 채 주저앉은 항해사는 안간힘을 쓰며

물러섰지만 그것은 흡사 먹이를 노리는 야수처럼 천천히 그리고 집요하게 그의 혈흔을 쫓고 있었다.

"함장님! 도와주세요!"

공포에 질린 항해사가 절실한 표정으로 말했다. 절망에 빠진 그의 목소리는 영혼이 빠져나가기라도 한 것처럼 공허하게 들렸다.

"이봐. 진정하고 문을 열어봐! 내가 도와줄게."

두려움에 떨고 있는 항해사를 위해 내가 할 수 있는 아무것도 없었다.

문을 열기 위해 안간힘을 쓰던 항해사는 가까스로 잠금장치를 풀었다. 입가에 띤 엷은 미소에는 잠시나마 희망이 빛이 서려 있었다. 그러나 희망의 빛은 사그라졌고 경직된 입에서 검붉은 핏덩어리가 토해졌다. 바닥에 널브러진 항해사의 등 뒤에 날카로운 흉기가 꽂혀 있었다.

6. 죽은 자의 요람

내가 할 수 있는 일은 없었다. 그저 겁에 질린 채로 무슨 일이 벌어지는지 처음부터 끝까지 지켜보는 것밖에…….

항해사는 자기의 죽음을 기다리고 있는 것처럼 보였다. 〈판도라〉가 항해사를 감쌌지만 그의 비명은 들리지 않았다.

공포가 온몸을 휘감았다. 나를 사로잡은 공포는 그토록 길고 참혹했던 전쟁에서도 느껴보지 못했던 것이었다.

"크크. 피할 길은 없어."

분노가 치밀어 올라 박사를 향해 덤벼들었다.

"컥!"

나는 이성을 잃고 박사를 사정없이 내리치기 시작했다. 그는 반항하지 않고 내 폭력을 그대로 받아들였다. 박사의 얼굴은 엉망이 되었지만 나는 멈추지 않았다. 나를 지배하는 것은 오직 분노뿐이었다.

나는 분이 풀릴 때까지 흠씬 두들겨 팬 다음 박사를 결박하기 위해 화물칸에서 끌어냈다.

"〈판도라〉를 어떻게 없애지?"

박사를 기둥에 묶으며 물었다.

"그녀는 그 어떤 것에도 구속받지 않지. 시간도 마찬가지야. 모든 종이 사라진다고 해도 〈판도라〉는 절대로 사라지지 않을 거야."

그자의 입가에는 나를 조롱하는 비웃음이 새어 나오고

있었다.

"그따위 말장난은 집어치워! 이 빌어먹을 자식. 도대체 어떻게 해야 하는 거야! 뭔가 방법이 있을 거 아냐!"

"왜 불가능한 것을 욕망하지?"

〈판도라〉는 모든 생명의 피를 에너지로 삼기 때문에 무한한 생명력을 가지고 있다. 그것만큼 파괴적이고 가공할 만한 위력을 가진 무기는 이후로도 없을 것이다.

역사상 가장 위력이 강했던 폭탄도 도시를 파괴시키고 폐허를 만들기는 했으나 시간까지 영향을 주지는 못했다. 그러나 〈판도라〉는 달랐다. 종을 말살시킬 수 있으니 말이다.

"내가 말했잖아. 크크. 곧 세상의 종말이 올 거라고……."

그자는 혼잣말을 되뇌고 있었다.

"아니. 뭔가 방법이 있을 거야."

전기적 신호를 감지하고 반응하는 신경계는 정보를 통제하는 역할을 한다. 신경계가 파괴되면 어떤 유기체이고 끝장이 나는 것은 당연하다. 그물 모양으로 얼기설기 연결된 신경망을 자를 수 있다면 〈판도라〉의 폭주를 막을 수 있을지도 모른다.

나는 다시 화물칸으로 달려갔다. 하지만 때는 이미 늦은 뒤였다. 세포가 자라면서 〈판도라〉의 신경계를 감싸 안았기 때문이다.

그것은 손을 쓸 수 없을 정도로 자라 있었고, 시뻘건 고깃덩어리로 변해 있었다. 〈판도라〉는 통제할 수 있는 범위를 넘어선 상태였다. 이제, 그것의 약점은 없다.

또다시 절망감과 두려움이 엄습해왔다. 나는 앞으로의 일들이 어떻게 전개될지 짐작할 수 없었다.

"사령관님! 괴물이 더 자라기 전에 여기서 끝내야 합니다."

나는 텔레프레전스에 접속해서 사령선에 연락을 취했다.

"그렇지 않아도 그럴 작정이었네. 투하를 준비하게."

사령관이 말했다.

"회담이 결렬됐습니까?"

"그렇지 않네."

청천벽력 같은 소리였다.

"다시 한번 말씀해주십시오. 무슨 착오가 생긴 것은 아닙니까?"

"다시 한번 말하겠네. 〈판도라〉를 투하하게!"

"왕국 한복판에 그 괴물을 떨어뜨리라고요? 도대체 그것이 어떤 무기인지 알고나 하는 얘기입니까?"

"물론 알고 있네. 그러니 명령을 따르도록 하게."

폭력을 종식시키기 위해서 또 다른 폭력을 이용하겠다고? 전쟁을 끝내기 위해서 선택한 것이 하필이면 괴물이라니!

"안 됩니다. 그럴 수 없습니다."

"명령을 어길 셈인가?"

이 세계의 극단적인 지도자들에게 평화란 단지 관념적인 단어인지도 모른다.

"지금 자네의 행동이 이성적인 행동이라고 생각하나?"

나는 명령에 따라 그것을 목표지점에 떨어뜨려야 하는가? 아니면 불복할 것인가? 명령에 복종하는 것이 정의를 수호하는 일인가? 권력에 굴복하는 것인가? 결정은 내가 내려야 했다.

"진실을 알게 된 이상 이런 비인간적인 행위에 동참할 수는 없습니다."

"뭐라고! 비인간적인 행위라고? 평화주의자가 되셨구면."

사령관이 비아냥거렸다.

"빌어먹을! 자네는 진실을 외면하고 감상적인 환상을 좇고 있어. 지루한 전쟁에서 위안을 찾고 싶을 뿐이지. 그건,

이기심일 뿐이야."

"부도덕한 명령에 복종하는 것이 명예란 말입니까?"

"자네 한 사람의 욕구보다 도시연합의 이익이 우선이야. 자네의 도덕성이나 양심 따위에 맡겨질 그런 사안이 아니란 말이네."

이대로 물러설 수는 없었다.

"기어이 끝을 보자는 얘기군요."

"항명인가?"

길고 긴 전쟁이 이성을 마비시켜 옳고 그름을 분별할 수조차 없게 만들었다. 옳지 않다고 여겨졌던 일들이 옳을지도 모른다는 생각으로 바뀌었고, 이제는 당연한 것처럼 받아들여진다. 옳고 그름은 그저 우연성의 선택이라는 막연한 믿음이 나를 지배하고 있었다.

"그렇소."

나는 단호하게 말했다.

삶은 나를 조금씩 더 알아가는 과정이다. 자신의 내면을 탐사하는 일……. 그러므로 누구나 제일 낳은 선택을 한다고 믿는다. 그러므로 어떻게 생각하고 무엇을 선택하든 내 선택은 늘 옳은 것이다.

"전쟁을 끝낼 수 있어. 전쟁의 승패를 가늠할 수 있는 일이란 말이네."

"듣고 싶지 않아! 비열한 인간……. 다시는 당신의 명령 따위는 듣지 않겠어!"

"이런, 망할 겁쟁이 녀석. 자신이 정의를 수호하는 영웅이라도 되는 줄 착각하는 모양이지?"

"역겹군. 당신 같은 기회주의자에게서 그런 얘길 들어야 한다니……."

"이 반역자! 다시는 땅에 발을 딛지 못하게 해주지!"

폭주하는 광기에 사로잡힌 사령관의 다음 행보는 불 보듯 뻔했다.

내 함선은 평화사절로 위장한 사령관의 함선에 대항할 수 있는 무기가 없었다.

"기관실! 속도를 최대로 올려라!"

사령관의 호위 함선에서 포문이 열리는 것과 동시에 소리쳤고, 이어서 일제히 포화가 쏟아졌다.

뉴트럴 왕국의 수비대가 대공포를 쏘기 시작했다. 하늘에서 벌어지는 포화는 마치 불꽃놀이를 연상시켰다.

검은 연기를 뿜어내던 사령선에서 엄청난 굉음이 났다. 전함은 파괴되었지만, 제국의 포화는 그칠 줄 모르고 계속

되었다. 하늘에 떠 있는 모든 함선을 격추하려는 것처럼, 세상을 다시 전운으로 뒤덮으려는 것처럼…….

기낭에 불이 붙은 제국과 도시연합의 함선들은 중력을 거부하던 힘을 잃어갔다. 매캐한 화약 연기와 시커먼 연기에 뒤덮인 크고 작은 함선들이 화염에 휩싸인 채 낙엽 떨어지듯이 하나둘 떨어져 내렸다. 곤두박질치는 함선들은 엄청난 화력을 지닌 폭탄이 되어 뉴트럴 왕국을 파괴하고 있었다.

모든 일은 이미 정해져 있었다. 회담이 성사되건 결렬되건 상관없었다. 〈판도라〉는 왕국에 떨어져야 했던 것이다. 그들은 평화를 바란 게 아니었다. 애초에 평화회담이란 허울 좋은 명분에 지나지 않았다. 그 이면에는 제국과 도시연합의 각 지도자들을 몰살시키려는 계획이 있었다.

이 전쟁은 누구를 위한 전쟁이지?

사령관은 전쟁이 끝나기를 바라지 않았을 것이다. 그에게 영광을 준 것은 다름 아닌 전쟁이었으니까. 그가 얻으려는 것은 새로운 통치 기반이었다. 어떻게 해서든지 전쟁을 지속시키려는 수단……. 그에게는 희생양이 필요했다.

이것이 내가 선택된 이유였던가?

헛웃음이 나왔다. 그의 선택이 탁월했기 때문이다.

나는 사냥개이자 지옥의 길잡이의 역할에 충실했다. 내가 함선에 실은 것은 '세상의 종말'이었으니까.

"자, 이제 어디로 갈까?"

생명이 살지 않는 곳으로 간다면 〈판도라〉의 폭주를 막을 수 있을 것이다. 이곳에서 가장 가까운 황무지, 붉은 사막으로만 갈 수만 있다면!

나는 뉴트럴 왕국을 빠져나가기 위해서 붉은 사막을 향해 방향키를 돌렸다.

함선이 얼마나 더 버틸 수 있을지 모르지만, 붉은 사막에 이르기 전까지는 살아남을 수 있기를……

타앙!

총성이 울려 퍼졌다. 증기기관의 기계음에 뒤섞여 있었지만 분명 총성이었다.

갑자기 현기증이 나서 털썩 주저앉고 말았다. 온몸에서 기운이 빠져나가는 것 같았다. 심장이 거칠게 뛰었고 가슴 언저리가 불에 덴 것처럼 뜨거웠다.

나는 가슴 언저리에 손을 가져갔다. 손이 축축이 젖었다. 고개를 숙여서 아래를 바라보았더니 내 몸이 온통 붉게 물들어 있었다.

"크크크. 지옥의 길잡이가 길 안내를 포기하다니! 그럴 수는 없지."

흐릿해진 시야 너머 나를 비웃는 K박사가 보였다.

"함장. 세상의 종말을 끝까지 지켜보시오!"

박사는 포화가 쏟아지는 뉴트럴 왕국을 향해 키를 돌렸다.

쿠우우웅!

함선은 급회전하면서 중심을 잃고 심하게 요동쳤다.

그자가 어떻게 결박을 풀었는지 아무래도 상관없다. 이제는 누구도 〈판도라〉와 K박사를 막을 수 없을 테니까.

그것은 서서히 그리고 게걸스럽게 땅 위에 있는 모든 생명체를 하나씩 삼켜버릴 것이다. 〈판도라〉는 기나긴 전쟁으로 무뎌진 사람들의 감정에 공포가 어떤 것인지 다시 상기시킬 것이다. 그때는 이미 피폐해진 도시만 남았을 테지만.

운명은 바꿀 수 없는 것일까?

모든 것은 정해진 대로 될 것이니, 그녀와 함께할 그들에게 행운이 따르기를 바랄 수밖에……

"이제, 고향으로 돌아갈 때가 된 것 같군."

나는 텔레프레젠스에 접속하기 위해 헤드셋을 썼다. 마지막으로 나의 고향을 보기 위해서였다.

사람은 누구나 자신을 찾고자 하는 욕구가 있다. 자신을 안다는 것은 생의 방향을 결정짓는데 중요한 일이기 때문이다. 자신이 어디서 왔는지 모르고서는 어디로 가야 할지 모르지 않는가!

뒤통수를 감싼 헤드셋이 머리를 조이자 시뮬레이터 액정 안경이 눈을 덮는다. 차가움이 느껴진다. 텅 공간에, 디지털로 재구성된 내가 홀로그램으로 생성된다.

나는 나의 도시를 떠올렸다. 텅 공간이 요동치며 형태를 갖춰가기 시작하더니 디지털로 재구성된 도시가 홀로그램으로 생성되었다. 꿈에 그리던 고향이었다. 가면의 도시는 내가 떠나올 때와 변함이 없었다. 익숙한 풍경과 낯익은 얼굴들…… 산 자와 죽은 자들 모두 그곳에 있었다.

나는 시청으로 향해 길게 뻗은 대로를 걸으며 실로 오랜만에 평온함을 느꼈다. 문득, 이대로 이곳에 머무르고 싶은 생각이 들었다.

지금 이대로 죽으면, 홀로그램으로 생성된 내 자아는 어떻게 될까? 이곳, 가상세계에 남게 될까?

유령이 되어도 좋으니 이곳에 머무르고 싶은 마음이 간절해졌다. 그럴 수만 있다면 인생을 처음부터 다시 시작할 수 있을 텐데……

나는 수많은 사람을 죽음의 문턱으로 안내했다. 다시, 새로운 삶을 살게 된다면 죽은 자의 요람에 갇힌 그들을 삶의 문턱으로 데려오는 일을 하고 싶다. 죽음의 길잡이가 아닌, 삶의 안내자로서 말이다.

세상의 끝

나는 '땅 위를 걷는 자'로 태어났다.

얄바 할아버지가 땅 위로 올라오기 전까지 1억 8000만 년 동안 '땅 위를 걷는 자'는 없었다.

3억 7000만 년 전에 얄바 할아버지가 마른 땅 위로 올라왔고, 그 뒤로 마른 땅은 '땅 위를 걷는 자'들의 세상이 되었다.

할아버지의 후손들은 열 번 이상 바다로 되돌아갔는데, 되돌아간 이들 중 일부는 완전히 새로운 종의 조상이 되었다.

그중 하나가 바로 '나'이다.

1. 알바냐 할아버지

"이것은 작은 발걸음에 불과할 뿐이지만, 물속 주민에게는 커다란 도약일 것이다."

아주 오랜 옛날, 얄바 할아버지가 마른 땅 위로 지느러미 하나를 내디뎠을 때 하신 말씀입니다. 그 당시 얄바 할아버지가 마른 땅을 밟은 사건은 커다란 충격이었다고 합니다. 물속 주민 중 누구도 물 밖으로 나가본 적이 없었기 때문이지요. 물론 땅 위에는 얄바 할아버지보다 먼저 올라간 다른 주민도 있었지만, 그들은 우리와는 전혀 다른 족속들이었습니다. 그들의 강인한 생명력은 마른 땅은 물론이거니와 하늘에까지 그 영향력을 미치고 있었으니까요. 얄바 할아버지의 첫 발걸음을 시작으로 마른 땅 위에서 새 역사가 쓰이기를 고대하는 우리는, 이제 막 걸음마를 뗀 어린아이 수준에 지나지 않았던 것입니다.

늘 그래 왔고 앞으로도 그럴 테지만, 얄바 할아버지가 작고 보잘것없는 상태로 세상에 내던져졌을 당시도 살아남기 위한 경쟁이 심했었지요. 살아남기 위한 경쟁의 혼돈 속에서 선택은 그리 많지 않습니다. 먼저 잡아먹지 않으면 오히려 잡아먹히는 신세가 되고 마니까요. 곳곳에서 살아남기 위한 투쟁이 치열하게 벌어졌지만, 투쟁에 앞서 필요한 조건은 오직 크기와 힘이었습니다. 크기와 힘이 생존의 당락을 좌우했기 때문에 작고 힘이 약한 주민들은 살아남는 방법을 찾아야 했습니다. 많은 이들이 도망쳐서 살아남는 방법을 택할 때, 얄바 할아버지는 전혀 다른 길 즉, 새로운 안식처를 찾는 길을 선택했습니다. 물속은 진작부터 포화상태였으니까요.

땅 위의 세상이 물속 세상보다 더 무한한 가능성이 있다고 생각하신 얄바 할아버지는 한 무리의 주민을 데리고 땅으로 나갈 계획을 세우셨습니다. 하지만 주민 대다수는 할아버지를 외면했지요. 그들에게는 물 밖으로 나간다는 것이 통속적인 관념에 어긋나는 것이었습니다. 물 밖을 나간다는 것은 상상에서조차도 용납되지 않았던 것이지요.

생각이 관념의 범위를 벗어나지 못하고 그 안에 머무를 때 행동은 제한될 수밖에 없습니다. 어떠한 일이든지 맞닥뜨려보지 않고서는 알 수 없는 법이지만 그들은 시도해 보려는 노력조차 하지 않고 할아버지를 비난하기만 했습니다. 존재가 사라질 것이라는 위기감 때문이었는지 아니면 내가 알지 못하는 또 다른 이유가 있었는지 모르겠지만, 용기없는 자들의 막연한 불안은 공포가 되어 다른 주민에게까지 영향을 끼치고 말았지요. 두려움이 생각과 행동을 마비시켰다고 해야 할까요? 누군가는 알 수 없는 위험을 무릅쓸 수 없다고 말했고, 어떤 이는 물 밖을 벗어나는 것은 자살행위나 다름없다고 했습니다. 더러는 얄바 할아버지가 남들과 다르다며 손가락질하기도 했지요. 물론 그들의 말이 옳을 수도 있습니다. 얄바 할아버지의 모험심은 확실히 남달랐으니까요.

잘 알다시피 무리 지어 생활하는 주민에게 〈다름〉이란 단지 솎아내어야 할 뿐인 〈변이〉에 지나지 않습니다. 궁지에 몰린 얄바 할아버지도 마찬가지였고요. 얄바 할아버지는 더 물속에 머무를 수가 없었습니다. 할 수 있는 일이라고는 자신의 말을 증명해 보이는 것뿐이었지요. 그래서 얄바 할아버지는 용감하게 물 밖으로 지느러미 하나를 내밀었고, 그 뒤로는 땅 위의 주민으로 살아가게 된 것입니다.

얄바 할아버지는 땅 위에서도 물속에서처럼 숨을 쉴 수 있었습니다. 해변 습지대의 축축한 땅에는 이끼류와 거대한 양치류가 무성했고 언제나 축축하게 젖어 있었기 때문에 생활하는 데 전혀 불편함을 느끼지 않았지요. 게다가 먹잇감도 풍부하고, 생명을 위협하는 그 어떤 위험도 도사리고 있지 않았습니다. 땅 위의 세계는 낙원이었습니다.

얄바 할아버지는 자신의 선택이 옳았다는 것을 증명해 보임으로써 새로운 세상을 갈망하던 물속 주민들에게 영감을 주었습니다. 그러나 얄바 할아버지는 죽음에 이를 때까지도 물가를 완전히 벗어날 수는 없었습니다. 평생을 물과 땅이 공존하는 해변에서 살아야 하는 것이 할아버지에게 주어진 숙명이었는지도 모르겠습니다.

얄바 할아버지의 선구적인 노력과 그에 따른 영광에도 할아버지의 후손들, 즉 우리의 할아버지들은 마른 땅의 주인으로 살아남기 위해 자신의 몸을 변형시키는 모험을 감수해야 했습니다. 땅 위는 물속과는 달리 온도나 기후가 급격한 변화를 보이곤 했기 때문이었지요. 기후는 대체로 온화했지만, 두서너 차례의 긴 가뭄과 큰 홍수가 번갈아 가며 찾아왔습니다. 가뭄이 찾아오면 연못과 시냇물은 흔적 없이 말라버렸고, 마르지 않은 물은 금세 더러워졌지요. 이때 불어오는 건조한 바람과 쏟아지는 햇볕은 살갗을 마르게 하기에 충분했고요. 이러한 상황에서는 강한 자만이 살아남을 수 있었습니다. 물이 있는 곳으로 이동할 수 있는 자는 살아남았고, 그렇지 못한 자는 사라져 갔지요. 우리의 할아버지들도 예외는 아니었습니다. 할아버지들 역시 마르지 않은 물가나 우거진 습지를 찾아 헤맸으니까요. 이러한 악조건 속에서, 얄바 할아버지에게 물려받은 모험심은 빛을 발휘했습니다. 우리 할아버지들은 살아남기 위해서 지느러미를 변형시키는 모험을 감행했던 것입니다.

지느러미로 몸의 균형을 잡고 무게를 받칠 수 있게 되기까지는 내가 미처 알지 못하는 많은 시련이 뒤따랐을 것입니다. 일어서 보려고 몸부림치기도 하고 뛰어보기도 했을 테지요. 모든 고난과 역경을 이겨내고 지느러미로 몸을 일으켜 세울 수 있게 되자 연못을 찾아낼 수 있는 성공률도 높아졌습니다. 변화는 물속의 제약에서 벗어나게 해주었고, 땅 위의 세상에 적응하여 살아남을 수 있게 하는 발판이 되었습니다. 이로써 물속에서 올라온 이주민이 땅 위의 주인이 된 것이지요.

땅 위에는 무수히 많은 사건이 일어납니다. 전에는 볼 수 없었던 새로운 주민이 등장하기도 하고, 오랜 세월 동안 마른 땅을 지배하던 주민들이 흔적 없이 사라지기도 하지요. 때로, 얄바 할아버지의 선택이 우리를 멸종의 궁지로 몰아넣을 수도 있었다는 생각에 이르면 몸서리가 쳐집니다. 그러나 지금은 누구도 얄바 할아버지의 선택을 원망하지 않습니다. 어쨌든 우리는 살아남았으니까요. 할아버지들의 값진 희생으로 우리는 마른 땅의 주민이 되는 자격을 얻게 된 셈입니다. 하지만 얄바 할아버지가 물속에서 왔다는 사실은 내게는 너무나 동떨어진 얘기, 그저 먼 옛 이야기처럼 들릴 뿐입니다. 중요한 것은 제가 '땅 위를 걷는 자'라는 사실일 뿐이니까요.

"알바냐 할아버지 어디 계세요? 할아버지를 뵈러 옴냠냐가 왔어요."

나는 낯선 계곡 입구에서 알바냐 할아버지를 불러보았습니다.

할아버지를 만나려면 내가 미처 가보지 못했던 낯선 계곡까지 찾아다녀야 했지요. 푸른 들판을 찾으려는 할아버지는 언제나 다른 주민들보다 더 멀리 나가 있었으니까요. 알바냐 할아버지가 이렇게 낯선 계곡 멀리까지 나아가는 까닭은, 다른 누구보다 더 넓은 땅을 차지하기 위해서입니다. 고유의 영역을 갖는 것이 마른 땅의 진정한 주인이 되는 길이라 생각했기 때문이었지요.

"누가 날 찾아온 게냐? 암늠냐가 왔다고?"

"아니요. 옴냠냐에요."

"옴냠냐가 누구더라?"

곰곰이 생각에 잠긴 알바냐 할아버지는 나를 뚫어지게 쳐다보면서도 도무지 기억이 떠오르지 않는 눈치였습니다.

알바냐 할아버지는 우리 가족 중에서 가장 큰 어른입니다. 수많은 후손이 있으니 나를 쉽사리 기억하시지 못하는 게 당연한 일인지도 모르지요.

"아, 그렇지. 이제야 생각났구나. 옴냐냐야, 네가 여기까지 어쩐 일이냐? 전해줄 소식이라도 가져왔니?"

뒤늦게 나를 알아본 할아버지는 그제야 반갑게 맞이해 주셨습니다.

"알바냐 할아버지. 할아버지께 드릴 선물을 가져왔어요."

나는 달팽이 하나를 불쑥 내밀었습니다.

"어디 보자. 음······. 그래. 꽤 맛있게 생긴 녀석이로구나."

할아버지는 내가 잡아 온 작은 달팽이를 주의 깊게 살피시더니, 달팽이의 껍질을 정성스럽게 벗겨 내고는 부드러운 속살을 한입에 꿀꺽 삼키셨습니다.

"그동안 어디를 가보았지? 혹시 깊은 계곡 너머에 가본 게냐?"

할아버지는 날카로운 이빨 사이에 낀 달팽이의 살점을 손톱으로 긁어내며 물으셨습니다.

"아니요. 아직 아니에요."

"어서 서두르도록 해라. 하루라도 빨리 깊은 계곡을 넘어서 마른 땅의 주인이 되어야 하지 않겠니. 이러다간 온 세상이 두꺼비들의 천지가 되고 말겠구나."

"네."

"마른 땅은 진작 우리 차지가 되어야 했어. 다른 족속들이 우리 가족을 어떻게 생각하는 줄 아느냐? 그들은 우리가 나태하다고 수군거린단다."

알바냐 할아버지의 일장연설이 이어져 나는 곧 딴청을 피우기 시작했지요. 할아버지를 뵐 때마다 항상 듣는 소리였기 때문입니다.

우리 가족은 뒤늦게 땅 위로 올라온 주민으로부터 흠모와 질시를 동시에 받고 있었는데, 땅 위에 맨 처음 발을 내디딘 얄바 할아버지의 후손이기 때문입니다. 하지만 이제 조상의 영예 따위는 그다지 중요하지 않습니다. 얄바 할아버지보다 더 늦게 땅 위로 올라온 주민의 후손이 더 많은 땅을 차지하고 있기 때문이지요.

사실, 마른 땅 위의 진정한 주인은 두꺼비라고 할 수 있습니다. 그들은 얕은 습지가 있는 곳이라면 어디라도 살아갈 수 있었습니다. 그들도 우리처럼 물속에서 왔지만 완전한 육상생활로 옮겨가지는 못했습니다. 기본적으로는 수중 주민이면서도 마른 땅에서 사는 주민의 모양과 성질을 가지고 있었는데, 그것이 오히려 마른 땅을 지배하게 하는

데 일조를 한 것이지요. 물속에서 온 기억을 버리지 않았다는 것이 도움이 된 것일까요? 어쨌든. 우리의 시대는 두꺼비들의 시대였습니다.

"알바냐 할아버지, 오는 길에 옴바르 삼촌을 만났어요."

나는 할아버지의 잔소리를 피하려고 화제를 다른 곳으로 돌렸습니다.

"네 삼촌은 아직도 그곳에 있더냐?"

할아버지가 못마땅한 표정을 지으시며 물으셨습니다.

"아뇨, 다른 곳에 계신 것 같았어요. 목소리가 좀 더 멀리서 들려왔거든요."

"아무래도 네 삼촌을 만나봐야 할 것 같구나."

할아버지 말씀에 '아차!' 하는 생각이 스쳐 말끝을 흐리고 말았지요. 괜한 소리를 했다는 생각이 퍼뜩 들었기 때문입니다.

"알바냐 할아버지, 삼촌은 곧 다른 곳으로 간다고 하던데요……."

나는 재빨리 말을 바꾸려 했지만, 목소리는 점점 더 기어들어 가고 있었습니다.

"옴얌냐야. 네 할아버지를 속이려 애쓸 필요는 없단다. 누군가 날 속일 수 있다면 그것은 내가 속아주기 때문이야."

할아버지는 근엄한 표정을 지으며 말씀하셨습니다.

"네, 알바냐 할아버지……."

할아버지의 말씀을 거역할 엄두가 나지 않았던 나는 할아버지를 모시고 옴바르 삼촌을 만나러 갔습니다.

2. 옴바르 삼촌

"옴바르 삼촌? 어디에 계세요?"

나는 나무 위를 쳐다보며 소리쳤습니다.

내가 나무 위를 쳐다보며 삼촌을 찾는 이유는, 옴바르 삼촌은 우리와 달리 나무 위에서 살고 계셨기 때문입니다.

"옴바르 삼촌, 옴냐냐에요. 알바냐 할아버지도 함께 오셨다고요."

내 목소리가 메아리쳤지만, 대답 같은 건 어디에서도 들려오지 않았습니다.

"알바냐 할아버지, 삼촌은 이미 다른 곳으로 가신 것 같아요."

삼촌이 다른 곳으로 옮겨갔을지도 모른다는 생각이 들자

마음이 한결 가벼워졌습니다. 할아버지와의 대면을 피할 수 있을 테니까요. 나무에서 살기를 고집하는 옴바르 삼촌과 알바냐 할아버지는 틈만 나면 말다툼을 벌이곤 했기 때문입니다. 그런데, 그때였습니다. 내 바람과는 달리 멀리서 옴바르 삼촌의 목소리가 나지막하게 들려왔습니다.

"알바냐 할아버지. 안녕하세요. 여기까지 웬일이세요?"

"웬일이라니! 내가 오지 못할 곳을 왔다는 투로 들리는 구나."

할아버지의 목소리는 냉랭하기만 했습니다.

"죄송해요. 기분을 상하게 해드릴 생각은 아니었어요."

"그럼, 냉큼 내려오지 않고 뭐 하고 있는 게냐?"

"지금 중요한 일을 하고 있어서 내려가지 못할 것 같아요."

"얼마나 중요한 일이기에 이 할아비를 보러 내려오지도 못한다는 게냐!"

삼촌의 말에 할아버지는 대뜸 호통을 치셨습니다.

"지금, 바람의 속도를 재는 중이거든요."

머리 위에서 삼촌의 목소리가 들려왔습니다.

"바람의 속도를 재고 있다니요?"

난, 보이지 않는 삼촌을 향해 물었습니다.

그럼, 이제부터 옴바르 삼촌에 관한 이야기를 시작해야겠군요. 나에게는 여러 명의 삼촌이 계셨지만, 그중에서 옴바르 삼촌이 제일 기억에 남습니다. 내가 나일 수 있게 해준 유일한 분이니까요.

옴바르 삼촌이 나무 위로 올라간 것은 내가 태어나기 훨씬 전의 일이었기 때문에 삼촌이 어떠한 연유로 해서 나무 위에서 살기로 했는지 자세히는 알지 못합니다. 그래서 나무 위에서 사는 삼촌이 있다는 얘기를 처음 듣고는 너무나 놀라서 몇 날 며칠 딸꾹질로 고생을 하기도 했지요. 그때, 난 삼촌의 생활 방식을 그저 할아버지에 대한 반항 정도로밖에 생각하지 않았습니다. 나무 위에서 산다는 것이 상식적이지 않은 일이라고 생각했기 때문이었습니다.

내가 들은 이야기는 대충 이렇습니다. 옴바르 삼촌이 뛰어내리기 시합을 벌이기 위해 이끼 낀 돌무덤 위로 올라갔을 때였다고 합니다. 왜 올라가느냐고요?

'땅 위를 걷는 자'들은 항상 높은 곳 위에서 뛰어내리는 경쟁을 하기 때문이지요. 누군가 높은 곳에서 뛰어내리면, 나도 똑같은 높이에서 뛸 수 있다는 것을 증명해야 합니다. 그것이 용감함을 보여주는 행동이기 때문에 뛰어내리기는 더 뛰어내릴 만한 높이가 없을 때까지 계속되곤 합니다. 그런데 삼촌에게는 뛰어내리는 재주가 없었던 모양입니다. 경쟁에서 매번 패배했으니까요. 그날, 시합하려고 이끼 낀 돌무덤 위로 올라간 삼촌은 자신이 누구보다도 높이 올라갈 수 있다는 것을 알게 되었다고 합니다. 삼촌은 자신이 어떤 일을 잘할 수 있는지 알게 된 것이지요. 그날 이후로 삼촌은 뛰어내리는 일 대신 올라가는 일을 시작했습니다.

오르기에 있어서만큼은 누구도 삼촌을 따라올 자가 없었다고 합니다. 삼촌은 나무를 오르기를 계속했고, 각고의 노력 끝에 이제는 나무 위에서 살게 된 것입니다.

삼촌이 나무 위로 올라간 사건을 우리 가족은 또 하나의 커다란 도약이라고 생각했습니다. 삼촌이 하늘을 날기로 마음먹기 전까지는 말이지요.

사건은 이렇습니다. 나무 꼭대기 위로 올라간 삼촌은 하늘을 날 수 있을지도 모른다는 생각을 하게 된 것입니다. 그것이 잠깐 지나가는 호기였다면 좋았을 것을, 가족의 바람과는 달리 삼촌의 바람은 맹목적이기까지 했습니다. 삼촌은 하늘을 날려면 몸이 가벼워져야 한다는 것을 알게 되었고, 그 뒤로는 도통 음식을 입에 대지 않았습니다. 자꾸 야위어 가는 삼촌 때문에 가족들의 걱정은 이만저만이 아니었지요. 할아버지의 노여움은 말할 것도 없었고요.

"다리를 가진 자는 땅 위를 걷게 돼 있어. 하늘을 난다 해도 다시 땅 위로 돌아오게 될 텐데 뭣 하러 하늘을 오른다는 거냐? 하늘엔 이미 주인이 있고 그들이 차지한 자리로 공간도 부족한데 말이냐."

할아버지는 늘 삼촌이 못마땅하셨습니다. 다른 가족들과는 다르다는 이유 때문이었지요.

"넌, 네가 앞서 나간다고 생각하는 게냐? 앞서 나가는 게 아니라 뒤처지는 거야."

"제가 형제들과 다르다는 것을 인정해주세요."

옴바르 삼촌은 얄바 할아버지의 혈통을 그대로 이어받아 모험심이 강했던 것 같습니다. 삼촌은 분명히 우리와 달랐으니까요. 하지만 삼촌은 다름을 숨겨야 했습니다. 〈다름〉은 생명을 위협하는 일이었으니까요.

"그건 패배자나 내뱉는 핑계일 뿐이야."

알바냐 할아버지가 화를 내시는 이유는 아마도 노파심 때문인지도 모릅니다. 마른 땅을 차지하기 위한 경쟁에 매진해도 부족한데, 결과가 어떻게 될지 알 수 없는 막연한 일에 허송세월한다는 것이 할아버지의 성격에 맞지 않으셨던 것이지요. 치열한 경쟁에서 지지 않으려면 무조건 앞으로 나아가야 한다고 생각하시는 분이니까요.

어쨌든. 마른 땅의 진정한 주인이 되기 위한 노력은 할아버지들로부터 이어져 오고 있으며, 마른 땅이 사라지지 않는 한 멈추는 일 없이 계속될 것입니다. 다른 어떤 주민들보다 더 멀리, 더 깊은 곳까지 나아가 넓은 땅을 차지하는 것이 우리 삶의 목적이니까요.

"전, 할아버지가 보지 못하신 것을 보았어요."

삼촌은 마치 중대한 선언이라도 발표하는 것처럼 비장한 말투로 말했습니다.

"내가 보지 못한 것은 아무것도 없다. 내가 보지 못했다면, 그건 보이지 않았기 때문이야."

할아버지는 도무지 대꾸할 엄두가 안 나는 말씀을 곧잘 하셔서 우리를 난처하게 만들곤 합니다. 하지만 삼촌은 할아버지의 말에도 아랑곳하지 않았지요. 삼촌과 할아버지의 설전은 한 치의 양보도 없었습니다.

"전 깊은 계곡 너머에 가봤어요. 그리고 메마른 모래 언덕을 보았고요."

삼촌은 분명히 그렇게 얘기했습니다. 나는 내 귀를 의심하며 할아버지의 반응을 살폈습니다.

"거짓말 말아라!"

어쩌면 진실인지도 모를 삼촌의 말을 한 치의 흔들림 없이 거짓으로 일축해버리는 할아버지는 오히려 의연한 모습을 하고 계셨습니다.

"땅 위를 걷기만 고집하신다면 할아버지는 제가 보았던 것을 절대로 보지 못하실 거예요."

순간, 할아버지의 얼굴이 심하게 일그러지며 무섭게 변해갔습니다. 그렇게 무서운 할아버지는 얼굴은 난생처음 보았지요.

"이제 다시는 너와 네 허황한 얘기를 신경 쓰고 싶지 않다."

옴바르 삼촌과 알바냐 할아버지의 대화는 이것으로 끝을 맺었습니다. 삼촌을 설득하려던 할아버지는 서로의 견해 차이만 확인했을 뿐, 아무런 소득 없이 돌아서야 했습니다.

할아버지는 돌아가는 내내 아무런 얘기도 하지 않으셨습니다. 그래서 같이 걷는 동안에도 저만치 떨어져 따로 걸어야 했지요. 나로 말미암아서 이루어진 만남인데 괜히 갈등의 골이 더 깊어진 것 같아서 나는 어찌해야 좋을지 갈피를 잡지 못하고 있었습니다. 하지만 솔직한 심정으로는 할아버지가 왜 저렇게 화를 내시는지 도무지 모를 일이었습니다.

"할아버지, 전 삼촌이 틀렸다고 생각하지 않아요."

난 용기를 내어 할아버지께 말을 건넸습니다.

"넌, 저 꼴을 보고도 그런 말을 하는 게냐?"

"그건 삼촌이 원했던 일이잖아요."

"다리를 가진 자는 땅 위를 걸어야 하는 거야. 그게 순리야."

"하지만 우리는 물속에서 왔는걸요."

난 슬며시 얄바 할아버지를 빗대어 말했습니다.

"그건 옛날이야기란다. 그리고 물속에서 왔다는 사실이 우리가 가야 할 길에 영향을 주지는 않는단다."

할아버지는 단호했습니다.

어찌 된 일인지 할아버지는 우리가 물속에서 왔다는 사실을 자꾸만 잊으려고 하시는 것 같았습니다. 나는 그 사실을 상기시켜 드릴 요량으로 주민들 사이에서 떠도는 얘기를 슬며시 꺼냈습니다.

"할아버지 혹시 그 얘기 들으셨어요?"

"무슨 얘기 말이냐?"

할아버지는 호기심 어린 눈빛으로 나를 바라보셨습니다.

"주민들 사이에서는 우리 할아버지 중에서 '되돌아간

자'가 있다는 얘기가 나돌고 있어요."

"그런 터무니없는 소리 말아라! 우리 할아버지 중에서 다시 물속으로 되돌아갔다는 얘기는 단 한 번도 들은 기억이 없다."

할아버지는 낚아채듯 내 말을 끊으시며 버럭 화를 내셨습니다.

"죄송해요. 할아버지……."

할아버지의 반응에 놀란 나는 말꼬리를 흐리고 말았습니다. 그리고 할아버지의 신경을 건드리지 말아야겠다고 생각했습니다. 그러나 기억이란 언제든지 왜곡될 수 있는 여지를 담고 있지요. 특히 알바냐 할아버지의 기억은 믿을 수 있는 것이 못 되었습니다.

"옴냠냠야, 이 할아버지의 말을 잘 새겨들어라. 다른 주민들보다 앞서 나가야 하는 건 우리에게 주어진 일이야."

할아버지는 강한 어조로 말씀하셨습니다.

"하지만 전 가야 할 필요성을 잘 못 느끼겠어요."

"주어진 일에 필요성을 운운하는 것은 옳지 못한 것 같구나. 어떤 일 중에는 필요를 따질 수 없는 일도 있는 법이란다."

"만약에 삼촌 얘기가 사실이면요? 깊은 계곡 너머에 메

마른 모래 언덕만 있다면 어쩌지요?"

아차! 하는 순간이었습니다. 나는 내 경솔함을 원망하며 입을 굳게 다물고 말았습니다.

"그런 거짓말에 속아 넘어갈 셈이냐! 모두 다 네 삼촌이 꾸며낸 얘기라는 걸 모르고 하는 소리냐?"

"하지만 삼촌의 얘기가 사실일지도……."

또다시 실언하지 않을까 하는 조바심 때문이었는지 말소리가 터져 나오지 못하고 입 언저리에서 머물고 말았습니다.

"무슨 일이든지 짐작으로 말해서는 안 되는 거야. 네 삼촌이 무슨 생각으로 그런 말을 하는지 모르겠구나. 적어도 내가 아는 한, 깊은 계곡 너머에 발을 들여놓은 자는 아직 없단다."

할아버지는 확신에 찬 어조로 단호하게 말씀하셨습니다.

그러나 깊은 계곡 너머에 푸른 들판이 있을 거라는 믿음도 단지 할아버지의 짐작일 뿐이라는 것은 땅 위의 주민 대다수가 아는 사실이었습니다.

"너도 내 나이가 되면 삶의 이치를 유추해 낼 수가 있게 될 게다."

할아버지는 당신이 살아온 세월을 통해서 남은 삶을 예

측할 수 있다고 믿으셨습니다. 많은 주민을 이끌어야 하는 할아버지로서는 아집과 독선적인 행동이 권위를 내세우는 일이라고 생각하셨던 것 같습니다. 그래서였는지 주관적인 편견으로 판단하는 일도 매우 잦았지요.

"깊은 계곡 너머에 무엇이 있는지는 가본 자만이 알 것이야. 그리고 그곳을 넘어가는 자는 우리 '땅 위를 걷는 자'일 거고. 어쩌면 네가 될 수도 있겠지."

할아버지는 애써 나를 달래려 하셨습니다.

"옴냠냠냐. 이 땅 위는 아직 기회가 많단다. 우리가 미처 보지 못했던 세계가 펼쳐져 있고 말이야."

"네. 알바냐 할아버지. 그래도 삼촌이 하늘을 날게 된다면 정말 굉장할 것 같아요."

말이란 마치 살아 있는 것 같아서 제멋대로 튀어나오곤 하는데 내 입에서 나오는 말을 무슨 수로 막을 수 있을까요? 뱉어 놓은 말을 도로 삼키지 못하기 때문에 되돌아올 말을 기다리는 심정은 정말이지 곤혹스럽기 짝이 없습니다.

"아직도 네 삼촌을 두둔하는 게냐?"

할아버지는 눈살을 찌푸리시며 험상궂은 얼굴로 말씀하셨습니다.

"그런 건 아니지만……."

"네 삼촌은 나무 위에 산다고 자기가 다른 가족들보다 우위에 있다고 생각하지. 하지만 자신이 하고 싶은 일과 해야 할 일은 엄연히 다르단다. 불확실한 일에 매달리는 것보다 주어진 일에 온 힘을 기울이는 것이 현명한 일이지. 암, 그렇고말고."

할아버지의 말씀을 듣고 나자 괜스레 마음 한편이 무거워졌습니다. 깊은 계곡을 넘어 새로운 세계로 나가는 일이 나에게는 그다지 매력적이지 않았기 때문이었지요. 나는 내가 진정으로 원하는 것이 무엇인지, 또 나에게 주어진 일이 무엇인지 곰곰이 생각해 보았지만 뾰족한 해답을 찾기가 어려웠습니다.

"알바냐 할아버지. 자신이 원하는 일과 자신에게 주어진 일이 다르면 어떻게 하죠?"

할아버지는 골똘히 생각한 끝에 말씀하셨습니다.

"그저 받아들이면 돼. 세상일에 순응하면 마음이 평온해지거든. 너무 많은 생각을 하는 건 정신 건강에 무척 해롭단다."

할아버지의 대답도 마음의 갈증을 해소해주지는 못했습니다.

"네가 아직은 어려서 그런다고 생각하지만 빨리 그 차이를 알았으면 하는구나."

깊은 상념에 빠져버린 내 발걸음은 점점 뒤처지고 있었습니다. 한참이나 앞서 가는 할아버지를 따라잡으려면 발걸음을 서둘러야 했지만, 나는 그렇게 하지 않았습니다. 문득 할아버지의 발걸음에 보조를 맞출 필요는 없다는 생각이 들었기 때문이었지요. 할아버지의 뒷모습을 바라보며, 누구나 자신만의 보폭으로 걷고 있다는 사실을 깨달았으니까요.

난 누구의 보폭에 맞추려 했는지, 또 누가 내 발걸음에 보조를 맞추려 했는지 곰곰이 생각해 보았습니다. 할아버지도 그렇고 나 역시도 자신만의 보폭으로 걷고 있었습니다. 누구나 자신만의 속도로 살아가는 것입니다. 그러니 서로 보폭을 맞추지 않는 한, 같은 방향을 걷더라도 절대 같은 것을 볼 수는 없을 것입니다. 삼촌도 자신만의 보폭으로 이 세상의 크기를 재고 있는 것이겠지요. 단지 그뿐입니다.

할아버지와 삼촌의 말다툼이 더는 내 호기심을 끌지는 못했습니다. 나에게는 그보다 더 중요한 일이 있었으니까요.

3. 얌냔

나는 아직도 두꺼비를 처음 잡던 날을 생생하게 기억하고 있습니다. 작은 개울가였는데, 잡으려고 하자 두꺼비는 미끈거리는 액체를 분비하며 내 손아귀에서 요리조리 빠져나갔지요. 오돌토돌한 돌기로 뒤덮여 있는 피부의 미끈거림은 혐오스럽기 짝이 없었습니다. 게다가 두꺼비를 잡고 나면 두드러기가 생겨 며칠씩을 앓아야 했지요. 하지만 나는, 두꺼비 잡는 일을 포기하거나 멈추지 않았습니다. 얌냔을 위한 일이었기 때문입니다. 그날의 기억을 잊지 못하는 건, 아마도 그녀를 위해서 처음 했던 일이기 때문인지도 모릅니다.

그 무렵, 나는 얌냔에게 온 마음을 빼앗겨 있었습니다. 나의 하루는 언제나 물가를 서성이는 일로부터 시작되었는데, 푸른 안개가 자욱한 새벽녘이면 어김없이 물가에 나와 있는 그녀를 만날 수 있기 때문이었지요. 얌냔은 물속 주민이었던 것입니다.

얌냔은 '땅 위를 걷는 자'들과 다른 모습이었으나 또 다르지 않았습니다. 그 차이가 무엇인지 뚜렷하지는 않았지만, 왠지 모를 친숙한 느낌이 있었습니다. 뾰족하게 튀어나온 주둥이에 커다란 입, 지느러미는 물갈퀴가 있는 다리처럼 보였고, 몸 사이사이에 붙어 있는 비늘은 쏟아지는 햇살 아래서 눈부시게 빛났습니다.

"넌 참 아름답구나. 너에게 줄게."

난 얌냔의 환심을 사려고 달팽이 하나를 불쑥 내밀며 말했습니다.

"어머, 징그러워. 저리 치워!"

나는 소스라치게 놀라며 내 손을 뿌리치는 그녀의 행동에 놀랐습니다.

"이게 징그럽다고? '땅 위를 걷는 자'들은 달팽이를 최고의 음식으로 여기는데."

"누가 그런 걸 먹니? 물에 사는 자들은 그렇게 불결한 건 아무도 입에 대지 않는다고."

"넌, 물속에 사는 주민이니?"

"그래. 넌 땅 위에 사니?"

"……."

얌냔의 물음에 나는 아무런 대답도 하지 못했습니다.

"겉이 좀 딱딱하긴 하지만 그래도 속은 부드럽단다."

나는 땅 위의 주민이라는 사실이 부끄러워 얼른 화제를 돌렸습니다.

나는 달팽이 껍질을 벗겨 내고 속살을 끄집어내고는 하늘 위로 높게 던져 올린 다음 아래로 떨어지는 달팽이의 속살을 날름 받아먹었습니다.

얌냔은 놀란 표정으로 나를 바라보고 있었습니다.

"이 정도쯤은 아무것도 아니야."

얌냔의 환심을 사게 되자 나는 내 기지에 도취한 채 우쭐해졌습니다.

"나도 한번 줘봐."

달팽이 하나를 건네자 얌냔은 나에게 받은 달팽이를 한입에 쏙 집어넣었습니다. 껍질도 벗겨 내지 않은 채로 말이지요.

"껍질은 딱딱하니 벗겨 내는 게……."

내 말이 채 끝나기도 전이였습니다.

'아그작. 아그작.'

얌냔은 달팽이를 하나도 남김없이 먹어치웠습니다. 난 달팽이의 껍질까지 게걸스럽게 먹어치우는 그녀의 식욕에 감탄하고 말았지요. 달팽이를 그렇게 맛있게 먹은 모습은 단 한 번도 본 적이 없었으니까요.

"먹을만하구나. 더 없니?"

"네가 원한다면 얼마든지 가져다줄 수 있어."

나는 얌냔을 흐뭇하게 바라보며 말했습니다.

"이렇게 조그맣고 딱딱한 달팽이보다 쫀득한 두꺼비가 훨씬 더 맛있지."

세상에! 두꺼비라니요. 두꺼비처럼 혐오스러운 것을 먹다니요! 얌냔의 말에 나는 기겁을 하고 말았습니다.

"두꺼비를 먹는다고? 안 돼. 두드러기가 생길지도 모른다고."

난 걱정스레 말했지만 얌냔은 내 말에 시큰둥한 반응을 보일 뿐이었습니다.

그날 이후, 난 온종일 두꺼비를 찾으러 작은 개울가의 수풀 사이를 여기저기를 헤집고 다녔습니다.

"자 이걸 봐. 내가 무얼 잡았는지 봐."

나는 살이 오른 두꺼비 한 마리를 잡아 얌냔에게 내밀며 말했습니다.

"네가 잡았니?"

난 수줍음에 아무 말도 할 수가 없었습니다.

"그런데 지난번 보았을 때와 많이 달라진 것 같아."

그녀는 두꺼비를 한입에 넣고는 우물거리며 말했습니다.

"다르다니? 난 변한 게 없는데……."

"네 피부에 솟아오른 울긋불긋한 돌기 말이야. 그게 있으니까 훨씬 멋져 보이는걸."

얌냔은 입속에 있는 두꺼비를 꿀꺽 삼키며 말했습니다.

"머, 멋져 보인다고? 저, 정말이야?"

나는 얌냔의 말에 감격하고 말았습니다. 가슴은 심하게 요동치고 뜨거운 기운이 몸 전체로 퍼져 나갔습니다. 그리고는 앓아눕게 되었지요. 나는 사랑에 빠졌다는 것이 어떤 것인지 잘 알지 못했기 때문에, 앓게 된 이유가 두꺼비 때문이라고만 믿었습니다.

얌냔과 나는 매일같이 만나서 서로의 사랑을 키워나갔지요. 내가 물속에 꼬리를 담그면, 그녀는 땅 위로 몸을 내놓았습니다. 나는 그녀의 꼬리 사이를 숨바꼭질하듯이 맴돌며 노는 것을 좋아했고, 그녀는 높은 곳에서 떨어지는 나를 낚아채는 것을 좋아했습니다. 그렇지만 나는 얌냔과 교제한다는 사실을 알바냐 할아버지께 말씀을 드릴 수가 없었습니다. 할아버지는 물속에서 사는 주민들을 패배자라고 생각하셨기 때문이지요. 물속 주민과 어울리는 것을 허락하지 않으셨을 것입니다. 그 때문이었을까요? 내 마음이 사랑으로 가득 차오를수록 다른 한 편에도 불안감이 자라고 있었습니다.

그러던 어느 날, 나는 얌냔에게서 믿을 수 없이 놀라운

이야기를 듣게 되었습니다. 바로 '되돌아간 자'에 대한 이야기였지요.

"거짓말이야. 그럴 리 없어. 알바냐 할아버지는 '되돌아간 자'는 없다고 말씀하셨어."

"누구나 다 아는 사실이야. 너도 이미 알고 있었잖아."

솔직히 나는, 얌냔이 '되돌아간 자'의 후손이라는 얘기에 그다지 놀라지 않았습니다. 나 역시 우리가 먼 사촌이었다는 사실을 은연중에 알고 있었는지도 모릅니다. 누군가 멀리서 우리를 보았다면 누가 땅 위의 주민이고, 누가 물속의 주민인지 구별하기 어려웠을 정도로 서로가 닮아 있었으니까요. 얌냔을 처음 보았을 때 느꼈던 친근함도 아마 그 때문이었겠지요. '되돌아간 자'에 대한 기억은 우리의 역사에 남아 있지 않습니다. 역사는 패배자에 대해선 언급하지 않으니까요. 우리는 같은 뿌리를 둔 친족이라는 사실마저 잊으려고 노력했고, 이유도 모른 채 서로가 부끄러워했지요. 알바냐 할아버지는 절대로 인정하지 않겠지만, 우리가 모두 같은 선조를 가지고 있다는 것은 사실이자 믿고 싶지 않은 진실이었던 것입니다.

새로운 사실을 알게 된 나는, 물속 주민의 생활 방식이 어떤 것인지 궁금해졌습니다. 그래서 얌냔에게 '되돌아간 자'들의 역사를 들려달라고 졸랐지요. 어렴풋이나마 알게 된 그들의 역사 또한 우리와 별반 다르지 않았습니다. '되돌아간 자' 역시 물속에서 살아남기 위해서 신체의 변화를 감수해야만 했으니까요. 나와 얌냔의 차이가 어떤 것인지 명확해지자 나는 '되돌아간 자'의 생활 방식을 인정할 수 있게 되었지요.

나는 옴바르 삼촌의 조언을 듣고 싶었습니다. 나와 얌냔의 관계에 대해서 어떻게 생각하실까 궁금하기도 했지만, 솔직히 내 사랑에 대한 확신을 얻고 싶은 옹졸한 마음 때문이기도 했습니다. 남다른 생각을 하는 삼촌은 분명히 내 편이 되어줄 것이라 기대했기 때문이었지요. 그렇게라도 위안을 얻고 싶었으니까요.

옴바르 삼촌과의 만남은 뜻하지 않게 이루어졌습니다. 우연히 바닷가 절벽 위에 자란 거대한 양치류를 찾아가는 삼촌을 만나게 되었던 것입니다.

"옴바르 삼촌. 어쩐 일로 땅에 내려오신 거예요?"

나는 삼촌을 따라가며 물었습니다.

삼촌은 내 옆에서 느릿느릿 걷고 있었는데, 땅 위를 걷는다는 것이 왠지 어색해서 삼촌은 원래부터 '나무 위에 머무는 자'처럼 여겨졌습니다. 마치 처음부터 그래 왔던 것처럼, 꼭 그래야만 하는 것처럼 말이지요. 내게는 당연한 일이 삼촌에게는 당연해 보이지 않았던 것입니다.

"왜 나무에서 내려오신 거예요? 하늘을 나는 일은 인제 그만두기로 하신 거예요?"

난 궁금함을 참지 못해서 쉼 없이 질문을 퍼부어댔습니다.

"하늘을 나는 걸 포기했냐고? 허허허. 하늘을 나는 건 이제 시간문제란다."

삼촌은 호탕하게 웃으시며 말씀하셨습니다.

"그럼, 하늘을 날 수 있는 거예요?"

"그렇다고 할 수 있지. 조만간 너도 이 삼촌이 하늘을 나는 모습을 보게 될 거야."

나는 내 귀를 의심할 수밖에 없었습니다.

"잘 이해가 되질 않아요. 어떻게 날 수 있다고 확신을 하시는 거지요?"

"어떻게 확신하느냐고? 그야 바람의 속도를 알게 되었기 때문이지."

옴바르 삼촌의 대답이었습니다.

"바람의 속도라니요? 바람은 눈에 보이지 않는걸요."

도무지 무슨 뜻인지 알 수가 없었던 난 되물었습니다.

"보이지 않는다고? 그럼 맛있는 달팽이 냄새는 어떻게 실려 오지? 내 볼에 흐르는 땀방울을 식혀주는 것은 무엇이고, 또 폭풍우가 치던 날 들려오는 소리는 또 무엇이지?"

삼촌의 말에 난 아무런 대답도 하지 못했습니다.

"하지만 바람은 잡을 수 없어요."

"잡을 수 없을지는 몰라도 느낄 수는 있지. 옴냠냐야. 모든 현상에는 제 나름의 속도가 있단다."

문득, 다른 주민이 수군대는 것처럼 삼촌이 정말 미쳐버렸는지도 모른다는 생각이 뇌리를 스쳐 지나갔습니다.

"도무지 모르겠어요. 바람의 속도를 아는 것이 하늘을 나는 데 어떤 도움을 줄 수 있다는 거예요?"

상식적으로 말도 안 되는 소리라는 생각이 들어서 나는 따지듯 되물었습니다.

"현상의 속도란 자연의 흐름이기도 하지. 자신을 버리고 그 흐름에 몸을 맡기는 거야."

"자연의 흐름에 몸을 맡기라고요? 자신을 버리라고요?"

보이지 않는 자연의 흐름에 어떻게 몸을 의지할 수 있다는 것일까요? 또 어떻게 나를 버릴 수 있단 말인가요? 내게는 모든 것이 의문투성이일 뿐이었습니다.

"내가 바람의 흐름에 나를 일치시킬 수만 있게 된다면, 내가 곧 바람이 될 수 있는 거야. 그런 의미에서 생각해 본다면 바람의 속도를 알아야 하는 것은 하늘을 날기 위한 가장 기본적인 조건이지."

삼촌은 천천히, 그리고 확신에 찬 어조로 대답하셨습니다.

나는, 문득 삼촌이 정말 하늘을 날 수 있을지도 모른다는 생각이 들었습니다. 그토록 확고한 신념에 차 있던 누군가를 본 적이 없었으니까요. 얄바 할아버지가 처음으로 땅에 발을 딛게 되었을 때도 아마 지금의 삼촌과 같은 확고한 신념에 사로잡혀 있었지 않았을까요?

"옴바르 삼촌. 정말 깊은 계곡 너머에 가보셨어요?"

"물론이지."

나는 옴바르 삼촌의 눈에서 반짝하고 빛나는 무엇인가를 보았습니다.

"하지만 깊은 계곡은 너무 험난해서 '땅 위를 걷는 자'가 가기는 아직 무리라고들 하던데요."

옴바르 삼촌의 얘기를 미심쩍어하는 내 질문에는 냉소가 담겨 있었습니다.

"내가 땅 위를 걸어서 깊은 계곡 너머에 갔을 거로 생각하니?"

순간, 뒤통수를 얻어맞은 느낌이 들었습니다. 삼촌은 내가 생각할 수 있는 한계를 여지없이 무너뜨리고 말았으니까요. 삼촌은 나무를 타고 깊은 계곡 끝까지 나아가 그 너머를 바라본 것입니다. '땅 위를 걷는 자'들은 꿈에도 생각하지 못했던 방법이었던 것이죠. 옴바르 삼촌은 내가 이해할 수 있는 범위 밖에 머물고 있었던 것입니다.

"세상은 바라보는 방법에 따라서 다르게 보인단다."

삼촌이 다시 말문을 여셨습니다. 삼촌은 나무 위에서의 바라본 마른 땅의 모습을 자세히 설명해주었는데, 그것은 내게 충격으로 다가왔습니다. 내가 너무나도 잘 알고 있다고 생각했던 마른 땅은 내가 미처 알지 못했던 다른 세계였으니까요. 그제야 나는 바라보는 방법에 따라서 세상은 다르게 보일 수도 있다는 것을 깨닫게 되었습니다. 그리고 삶의 방식도 다양해진다는 것도 말이지요.

"한 가지 여쭤보고 싶은 게 있어요. 옴바르 삼촌은 언제부터 하늘을 날기로 하신 거예요?"

예전부터 궁금했던 점이었습니다.

"글쎄. 시작은 항상 꿈을 꾸는 그 순간부터라고 해야 하지 않을까? 꿈을 꾸는 그 순간, 나는 '하늘을 걷는 자'로 결정지어졌으니 말이야."

"에이. 그런 게 어디 있어요. 꿈을 꾸는 게 시작이라고 해도 다 이루어질 수는 없는 거잖아요. 마음만 먹는다고 다 되면 '땅 위를 걷는 자'도 물속 주민이 될 수 있게요?"

나는 말도 안 되는 삼촌의 얘기를 맘껏 비아냥거렸습니다. 그러나 곧 삼촌에게 무례하게 군 내 행동을 후회하고 말았지요.

"옴냠냐야. 넌 무슨 꿈을 꾸고 있지?"

내 무례도 불구하고 삼촌의 표정은 온화하기만 했습니다.

"꾸, 꿈이요?"

미래에 대한 확신이나 신념조차도 없었던 나는 삼촌 앞에서 점점 작아지고 있었습니다. 과연 내 꿈은 무엇이었을까요? 난 무엇을 찾고 있었던 것일까요?

"아직 모르겠어요. 꿈이라고 말해야 할지 어떨지 잘은 모르겠지만, 소망하는 것이 하나 있기는 해요."

나는 어렵사리 말을 꺼냈습니다.

"그래? 궁금하구나. 어서 말해 보렴."

"저, 사실은 누굴 만나고 있어요. 얌냔인데 아주 아름다워요. 전, 그저 얌냔과 함께 있고 싶을 뿐이에요."

나는 쉼 없이 말을 이어갔습니다.

"그런데 계속 만나야 할지 고민이 돼요. 얌냔은 사실 물속 주민이거든요. 음, 그러니까. 더 정확히 말하면 '되돌아 간 자'의 후손이고요."

옴바르 삼촌이 어떤 반응을 보일지 몰랐던 나는 한참 뜸을 들이고 나서야 겨우 입을 열었습니다.

"넌, 얌냔을 진짜로 사랑하는 것 같지 않구나."

삼촌의 말은 내 사랑을 의심하는 투로 들렸습니다.

"우리는 서로 사랑해요. 아니, 나는 얌냔을 사랑하고 있다고요."

난 옴바르 삼촌의 추측을 강하게 부정했습니다. 그렇게 하지 않으면 내 진심이 거짓으로 치부될지도 모른다는 두려움 때문이었습니다.

"그런데 뭐가 고민이지?"

옴바르 삼촌은 의아하다는 듯 되물으셨습니다.

"그러니까. 얌냔과 나 사이에는 왠지 모를 거리감이 있는 것 같아요."

"물속 주민과 땅 위의 주민 사이의 갈등 같은 것 말이니?"

"네……."

아까와는 달리 점점 기어들어 가는 듯한 소리가 목 언저리에서 힘겹게 새어 나왔습니다.

"그들의 삶 전부를 이해할 수 없단다. 그러나 서로 조금씩 노력한다면 벌어진 이해의 폭을 줄일 수 있게 되지 않을까?"

"옴바르 삼촌은 제가 물속 주민과 어울리는 게 아무렇지 않으세요?"

나는 다시 한번 확인하고 싶어서 되물었습니다.

삼촌이 내 편이 되어주실 거라 믿었지만 한편으로는 내 생각이 틀린 거면 어떻게 하나 하는 조바심도 있었습니다.

"나는 네가 꿈을 이룰 수 있는 용기를 가졌으면 좋겠구나."

나는 그게 꿈이었는지도 몰랐습니다. 하지만 용기와 행동 사이의 거리는 생각했던 것보다 훨씬 큰 차이가 있습니다. 누구든지 자기에게 닥친 일이 아니라면 쉽게 말할 수 있지만, 결코 그 상황이 되어보지 않고서는 알 수는 없는 법이니까요.

"알바냐 할아버지의 노여움을 감당하기 벅찰 것 같아요. '되돌아간 자'와 교제하는 것을 알면 다른 가족들은 저를 어떻게 생각하겠어요."

난 솔직한 내 심정을 얘기했습니다.

"용기보다 두려움이 더 큰 게로구나? 다른 누군가의 기준에 자신을 맞추려 하는 것은 정말 어리석은 짓이란다. 그 기준에 맞추려고 꿈을 포기하면, 언젠가 후회하게 될 테니 말이야. 후회는 네 발목을 붙잡고 절대로 놓아주지 않을 거야."

"그렇지만, 얌냥과 함께 하려면 '되돌아간 자'가 되어야 하고, 그렇게 되면 가족들은 나를 보고 패배자라고 말할 텐데요. 게다가 물속에 들어가지 못하고 물가를 맴돌다 이 것도 저것도 아닌 두꺼비 신세가 될지도 모른다고요."

나는 울먹이며 말했습니다.

"되돌아가는 것이 두려운 거니? 아니면 다른 주민들의 시선이 부담되는 거니?"

"주민들 모두 '되돌아간 자'는 패배자라고 얘기하는걸 요."

"그들을 패배자라고 하는 것은 옳지 않은 것 같구나. 그들 역시 우리처럼 변화에 적응하며 살아남으려고 노력했는데 왜 패배자라고 하는 거지? 살아남기 위한 우리의 노력과 그들의 노력이 뭐가 다른 거지?"

나는 아무런 대답도 하지 못했습니다. 삼촌의 말이 하나도 틀리지 않았기 때문이었습니다.

오래전 우리에게는 '도망자'라는 꼬리표가 수식어처럼

따라다녔던 적이 있습니다. 맞서기를 거부했다는 이유 때문이었지요. 어떻게 보면 승자와 패자를 나누는 것은 무의미한 일인지도 모릅니다. 어느 편에서 생각하느냐에 따라 그 기준은 달라질 것이기 때문입니다. 차이가 있는 한 관습적인 기준이 모든 이들에게는 적용될 수 없겠지요. 그렇다면, 진정한 자신으로 살아내기 위한 노력이 모든 가치의 기준이 되어야 하는 것은 아닐까요?

"네가 원하는 것을 얻으려면 그만큼의 대가가 필요한 거야."

옴바르 삼촌이 말했습니다.

"너무나 가혹해요."

나는 울고 싶은 마음뿐이었습니다. 꿈을 선택하자니 너무나 많은 것을 잃을 것만 같았고, 얌냔을 포기하자니 살아갈 의욕을 잃을 것만 같았으니까요.

"우리는 모두 단지 하나의 가능성일 뿐이란다. 선택은 너에게 달렸어."

나는 처음으로 알바냐 할아버지와 다른 생활 방식에 대해서 생각해 보았습니다. 내 선택으로 말미암아 많은 것이 달라질 것입니다. 더 큰 노력이 요구되고 원하지 않는 변화까지도 받아들여야 하겠지요. 선택은 내 몫이었지만 주위의 냉담한 시선에 맞설 엄두가 나질 않았습니다.

"솔직히 전 자신이 없어요."

"너무 비관적으로 생각하지 않았으면 좋겠구나. 네가 무엇을 선택하건 그것은 옳은 결정일 거야. 누구도 그 일에 대해서 너 자신만큼 생각하지는 않을 테니까 말이야."

막연하긴 했지만, 삼촌의 얘기는 내게 큰 힘이 되었습니다. 내 마음이 가고자 하는 방향을 알 수 있게 해주었으니까요.

"옴바르 삼촌은 정말 날 수 있으리라 확신하세요?"

나는 삼촌의 생각을 다시 한 번 더 확인해 보고 싶었습니다.

"먼 훗날, 또 다른 옴바르가 나와 같은 시도를 하게 되겠지. 그렇게 된다면, 내가 비록 하늘을 나는 데 실패를 하더라도 내 삶이 실패한 것은 아닐 거라는 생각이 드는구나."

삼촌은 꼭 자신이 아니어도 상관이 없었던 것입니다. 삼촌은 언젠가 나타나게 될 또 다른 옴바르들이 자신처럼 무모하다고 생각되는 일에 도전하기를 바랐던 것입니다. 얄바 할아버지가 다른 모든 이들에게 영감을 준 것처럼 말이지요.

4. 완벽한 하루

드디어 내 인생을 송두리째 뒤바꾸어 놓은 사건이 터지고야 말았습니다. 그날은 내가 땅 위에서 보낸 날 중 가장 완벽한 날이었지요.

우기가 시작되기 전에는 물기를 가득 머금은 세상이 사물을 뚜렷이 각인시켜주어 더없이 선명한 날들이 계속되기 마련입니다. 마침 지루하기만 하던 건기도 끝나가고, 곧 찾아올 폭풍우에 왠지 모를 일렁임이 내 마음에도 일고 있었습니다.

얌냔과 나는 여느 때와 다름없이 물가를 산책하며 이야기꽃을 피우고 있었습니다. 누군가가 우리의 모습을 보았다면, 우리를 서로 다르다고 보지는 않았을 겁니다. 결국, 우리는 가족이었으니까요. 하지만 상황은 언제든 뒤바뀔 수 있습니다. 선택 때문에 혹은 선택됨으로 말이지요.

"이러다, 다 젖어버리겠어."

바람이 불고 빗방울이 한두 방울씩 떨어지기 시작하자 나는 나뭇잎을 받쳐 들고 그녀 옆에 앉았습니다.

"젖는 걸 걱정하니?"

그녀의 말에는 냉소가 섞여 있었습니다.

우리 사이에는 다툼이 꽤 자주 있었습니다. 서로의 다름을 인정하는 게 솔직히 힘들었기 때문이었지요.

"아니, 그렇지 않아. 너도 잘 알다시피 난 젖는 걸 좋아하는 편이거든."

나는 나뭇잎을 멀리 내던지며 말했습니다.

지금 생각해봐도 우스꽝스러운 행동이었습니다. 그녀와의 거리가 멀어질까 두려웠던 것이겠지요. 아무리 노력을 해봐도 얌냥과 나 사이에 보이지 않는 장벽이 가로막혀 있는 듯한 느낌을 지울 수가 없었으니까요.

"옴냠냐. 이리와 봐. 네게 보여줄 게 있어."

어설픈 내 행동에 재미난 듯 장난기 가득한 웃음을 흘리던 얌냥은 갑자기 물속으로 헤엄쳐 들어가기 시작했습니다. 너무나 갑작스럽게 벌어진 일이어서 그녀를 막을 새도 없었습니다.

"어서 오지 않고 뭐해? 빨리 와."

얌냥이 나를 다그쳐 불렀습니다. 자신을 따라 물속으로 오기를 강요하고 있었던 것입니다.

"꼭, 가야 하는 거겠지?"

여전히 용기없던 나는 미적거리기만 했지요.

"따라올 수 없다면 되돌아 가."

내가 물속에 들어가기를 주저하자 얌냔이 말했습니다.

"날 사랑하기는 하는 거니?"

다시 꺼낸 그 말이 어찌나 가혹하게 들리던지, 내 마음은 불에 덴 듯 타들어 가기 시작했습니다. 이러지도 저러지도 못하는 상황의 혼란 속에서 눈물이 왈칵 쏟아져 나올 것만 같았습니다.

"난, 얌냔을 사랑해."

나는 지푸라기라도 잡을 듯한 심정으로 말했습니다. 얌냔이 내게 준 마지막 기회라고 생각했으니까요.

"나도 널 사랑해. 옴냔야."

얌냔의 얼굴이 붉게 물들고 있었습니다.

어느 누가 그런 모습을 보고 얌냔을 거부할 수 있을까요? 사랑의 힘이란 참으로 알 수 없는 일인가 봅니다. 지워지지 않을 것 같았던 상처는 씻은 듯 아물었고 나는 어쩔 수 없이, 아니 너무나 당연한 듯 물속에 발을 딛게 되었던 것입니다.

"얌냔! 이것 봐 내가 무얼 했는지 보라고."

난 얌냔에게 소리쳤습니다.

"마치, 물속에서 걷는 것 같아."

다리를 허우적거리는 모습이 마치 걷는 것처럼 보였나

봅니다.

나는 내가 해냈다는 사실에 흠뻑 도취해 마냥 들뜬 마음으로, 마치 걸음마를 처음 배우기라도 하는 것처럼 한 발짝, 한 발짝 조심스럽게 걸음을 옮기고 있었지요. 그렇게 우리는 물속을 부유하기 시작했습니다.

곧 있을 폭우를 준비하듯 하늘에 드리운 먹구름은 땅으로 무겁게 내려앉았습니다. 곧이어 대기와 맞닿은 수면으로 시커먼 먹구름이 스며들더니 물과 하늘이 같은 빛을 띠기 시작했습니다. 무엇이 하늘이고 또 무엇이 물인지 구분되지 않는 순간, 경계와 경계가 한순간에 허물어지며 하늘과 물이 완벽하게 하나가 되어가고 있었습니다.

"얌냔! 저걸 봐. 물과 하늘이 하나가 되었어."

모든 것이 완벽한 순간이었습니다. 온 세계가 하나 되는 그 순간, 그 중심에 얌냔과 내가 있었으니까요. 실로 경이로운 광경이었지요.

"얌냔. 나에게 보여줄 게 뭔지 어서 말해줘."

물속을 걷는 데 익숙해지자 마음이 들뜬 나는 의기양양하게 물었습니다. 그러나 얌냔은 미소만 지을 뿐 아무 말 없이 계속 헤엄쳐 나갈 뿐이었지요.

"얌냔! 너무 멀리 가면 위험해! 난 그렇게까지 멀리 가본 적이 없는걸."

막연한 두려움에 사로잡힌 나는 얌냔에게 소리쳤습니다.

깊은 곳까지는 가본 적이 없었을뿐더러 폭우가 몰아치면 언제든 위험이 닥쳐올 수 있다고 생각했기 때문입니다. 하지만 그녀는 내 말에 아랑곳하지 않고 물살을 헤치며 계속 앞으로 나아갔습니다.

"얌냔, 어디 있니?"

한순간, 얌냔이 눈앞에서 사라져 보이지 않았습니다. 내가 얌냔의 속도를 따라잡지 못했기 때문이었지요. 그때, 얌냔의 목소리가 들려왔습니다.

"날 찾아봐."

난 도저히 얌냔을 찾을 엄두가 나지 않았습니다.

"안 돼. 난 물속에는 들어갈 수 없어. 절대로 들어가지 않을 거야."

나는 물속으로 머리를 넣을 용기가 없었습니다.

"어서 찾아봐."

"못해. 난 못한단 말이야."

얌냔은 내 주위에서 원을 그리며 헤엄치고 있었습니다. 꼬리로 내 몸을 감아 아래로 잡아당기면서요.

"얌냔. 이러지 마."

"넌 겁쟁이야!"

"아니야!"

"겁쟁이야!"

"아니야! 난 겁쟁이가 아니란 말이야!"

그 당시의 두려움이란 말로 표현할 수 없을 것 같습니다. 물에 빠져 죽을지도 모른다는 생각이 다른 어떤 생각보다 앞서 있었습니다. 얌냔이 물에 빠진 나를 잡아먹으려는 건 아닐까 하는 의구심도 있었다는 것을 새삼 숨길 필요는 없을 것 같군요.

"좋아! 얌냔. 널 따라가겠어."

누군가 그 결정이 사랑에 빠진 자의 무모한 호기였다고 말한다 해도 난 아무런 상관이 없습니다. 나는 겁쟁이라는 얘기는 듣고 싶지 않았습니다. 무엇보다도 사랑하는 이에게 그런 말을 들어야 한다는 것이 참을 수 없을 정도로 괴로웠습니다. 이대로 포기하면 정말로 겁쟁이가 되리라는 것을 알고 있었으니까요.

나는 숨을 크게 한번 들이마시고 나서 용기를 내어 물속으로 들어갔습니다. 눈을 꼭 감고 숨을 멈추고 열린 코와 귀를 닫고 물속 아래로 들어가기 시작했습니다.

당시의 상황을 객관적으로 얘기한다는 것은 불가능한

일인 것 같습니다. 그 당시의 내 모습을 떠올려본다면, 물속으로 가라앉지 않으려고 발버둥치는 모습만 상상이 될 뿐이니까요. 어쩌면 내가 느낀 바를 그대로 설명하는 것이 당시의 상황을 이해하는 데 훨씬 많은 도움이 될지도 모르겠습니다.

눈을 뜰 수가 없었습니다. 숨이 막혀왔습니다. 숨을 꾹 참고 있어서인지 심장이 터질 것만 같았습니다. 내 몸을 조여오는 물속의 압력 때문에 머리는 무거웠고 가슴은 답답했습니다. 짜디짠 물이 내 모든 감각을 마비시켜 놓았고, 마음속엔 죽을지도 모른다는 두려움이 가득 차올라 나를 삼켜버렸습니다. 나는 심연으로 가라앉았고, 마음속의 나 역시 공포의 심연 속에 빠져들고 있었습니다. 나는 물속의 나보다 마음속의 내가 먼저 죽을지도 모른다는 생각이 들었습니다. 그렇게 정신을 잃어가고 있었습니다. 누군가 나를 자꾸만 흔들어 깨우는 것만 느낄 수 있을 뿐이었습니다.

얼마의 시간이 흘렀을까. 따뜻함이 나를 감싸 안고 있었습니다. 얌냔이었지요. 그 순간, 언제였는지 물속에서 부유하던 아련하기만 한 기억이 온몸에 퍼진 가느다란 핏줄을 타고 내 몸 구석구석까지 전해져 왔습니다.

"흐름을 받아들이면 돼. 자연의 흐름에 몸을 맡기면 모든 일이 순조롭게 해결될 거야."

어디에선가 목소리가 들려오는 것 같았습니다. 마음속 깊은 곳에서 나지막한 목소리가 나를 일깨워주고 있었지요.

나는 눈을 감은 채로 물결의 흐름을 느끼며 앞으로, 앞으로 발걸음을 내디뎠습니다. 그리고 나 자신이 곧 물결이 되어 있음을 느꼈습니다. 물살의 속도와 흐름에 몸을 맡기자 자연과 하나로 일치되는 순간을 경험하게 된 것입니다.

나는 살며시 눈을 떠 보았습니다. 눈을 뜨는 순간 물속 세상이 펼쳐져 있었습니다. 그리고 나를 지긋이 바라보는 얌냔의 모습. 그제야 얌냔이 내게 보여주려 한 것이 무엇이었는지 알 수 있었습니다. 바로 그녀의 세계였던 것이지요.

"네가 보여주려고 했던 게 무엇인지 알 것 같아."

나는 얌냔의 눈을 마주 보며 말했습니다.

"어서 와, '물속을 걷는 자'."

얌냔은 미소를 한껏 머금은 채로 내게 이렇게 말했습니다. 그렇게 해서 나는 '물속을 걷는 자'가 된 것입니다.

나는 옴바르 삼촌에게 내가 무엇을 했는지 알리고 싶었습니다. 자연과 동화되어 내가 곧 물결과 하나 되었음을 말해주고 싶었습니다. 내 몸에서, 언젠가 먼 바다에서 왔을 우리 할아버지들의 피가 물속에서 부유하던 기억을 되살려냈다는 것을 말해주고 싶었습니다.

"얌냔. 옴바르 삼촌에게 가봐야겠어."

"안 돼! 땅 위는 위험해."

얌냔은 말렸지만 나는 그녀를 설득했습니다.

"가야 해. 지금이 아니면 삼촌을 만나지 못할 거야."

문득, 다시는 삼촌을 못 보게 될지도 모른다는 예감이 들었기 때문입니다.

나는 더 큰 폭풍우가 몰아치기 전에 삼촌을 만난 요량으로 물속에서 나왔습니다. 땅 위에는 전에 볼 수 없었던 거센 비바람이 몰아치고 있었는데, 바람이 나무를 뿌리째까지 뽑아버리기도 했지요. 그 광경을 목격하자 나는 삼촌이 걱정되어 미칠 것만 같았습니다.

"옴바르 삼촌. 어디 계세요?"

숲을 미친 듯이 헤집고 다녔지만, 삼촌을 찾지 못했습니다. 불현듯 뿌리째 뽑혀나간 나무 중 하나에 삼촌이 있었을지도 모른다는 생각마저 들더군요. 불길한 생각을 떨쳐내려고 안간힘을 썼지만, 불안은 점점 더 커지기만 했지요. 결국, 나는 찾기를 포기하고 물가로 발걸음을 옮겼습니다. 그리고 물가에 다다랐을 무렵, 절벽의 거대한 양치류 위에서 비상을 준비하고 있는 삼촌을 발견하게 되었지요. 바람의 기세에 삼촌은 날아갈 것처럼 위태로워 보였습니다.

"옴바르 삼촌! 바람이 너무 강해서 위험해요. 그러다 삼촌까지 날아가버릴지 모른다고요."

나는 목청껏 소리쳤습니다.

땅 위에서 느껴지는 바람의 세기에서 절벽에서 느껴지는 바람은 더욱 거세리라는 것을 짐작할 수 있었으니까요.

내 목소리를 들으셨는지 삼촌이 나를 향해 손을 흔들어보이셨습니다. 그리고 삼촌의 목소리가 바람결에 실려 왔습니다.

"내 걱정은 하지 않아도 돼. 오늘이 바로 내가 기다렸던 날인걸."

"옴바르 삼촌! 저는 삼촌의 말을 믿어요. 그러니 인제 그만 내려오세요."

삼촌은 먼바다를 주시하고 있었지요. 몇 차례 불어온 강한 바람에 날아갈 뻔하기도 했지만, 신기하게도 떨어지는 않았습니다. 나는 계속해서 소리쳤습니다.

"옴바르 삼촌! 제가 해냈어요. 삼촌이 얘기하신 것처럼 물결의 흐름과 하나가 됐다고요. 그러니 제발……. 이제는 그러실 필요 없다고요."

그러나 내 애원은 바람 소리에 묻혀버리고 말았지요.

"옴냐. 내 말을 증명해 보일 테니 잘 봐 두어라."

"안돼요! 삼촌!"

내가 어찌해볼 새도 없이 삼촌은 두어 번 뛰어오르더니 허공을 향해 힘껏 몸을 내던졌습니다.

나는 옴바르 삼촌이 절벽 아래로 곤두박질치는 모습을 두고 볼 수밖에 없었습니다.

"앗!"

옴바르 삼촌이 땅 위에 닿을 듯한 절체절명의 순간, 나는 외마디 비명을 지르며 눈을 질끈 감고 말았습니다. 추락하는 옴바르 삼촌의 모습을 더는 볼 수 없었기 때문이었습니다.

내가 눈을 감은 순간, 귓가에서 윙윙거리던 바람 소리와 빗소리도 함께 멈췄습니다. 온 세상이 고요 속에 파묻혀버렸지요. 나는 아무런 감각도 느끼지 못하고, 아무런 소음도 들을 수 없었습니다. 단지 하늘이 무너지는 절망감만 느낄 수 있을 뿐이었습니다. 그 절망감은 끝이 보이지 않았습니다.

그때 난, 옴바르 삼촌이 틀렸고, 알바냐 할아버지가 옳다는 생각이 들었습니다. 내 꿈이 산산 조각나는 것을 목격해야 했으니까요. 나는 혹시나 하는 바람조차도 허락할 수 없었습니다. 혹시나 하는 바람은 그저 놓쳐버린 기회에 대한 미련일 뿐이니까요.

내 마음에는 분노의 소용돌이가 일기 시작했습니다. 옴바르 삼촌에 대한 원망 때문이었지요. 신념이라는 것이 자신의 목숨과도 바꿀 만한 가치가 있는 것일까요? 삼촌의 고집이 자신을 죽게 했듯이, 언젠가는 나 역시도 그렇게 될 것입니다. 난 삼촌을 용서할 수 없을 것만 같았습니다.

나는 모든 것을 체념한 채 살며시 눈을 떠 보았습니다. 내 꿈과 작별하는 이별의식을 치르기 위해서였지요. 그런데 믿을 수 없을 정도로 놀라운 일이 눈앞에서 벌어지고 있었습니다.

"나, 날고 있어……."

눈을 뜬 순간 하늘을 향해 솟구쳐 오르는 옴바르 삼촌의 모습을 보게 된 것입니다. 이유는 알 수 없지만 추락하던 삼촌은 다시 솟구쳐 올랐던 것입니다.

"옴바르 삼촌이 날고 있어!"

착시였는지 알 수 없지만 옴바르 삼촌은 마치 바람의 흐름을 타는 것처럼 보였습니다. 아니, 바람과 하나가 된 듯 보였습니다. 몸을 활짝 펴고 바람을 타는 삼촌의 모습은 마치 하늘을 걷는 것처럼 보였습니다. 믿기지 않는 일이었지만 이상하게도 비현실적인 느낌은 들지 않았습니다. 내가 겪었던 일이기도 했으니까요.

난 삼촌이 날아가는 방향으로 내달리기 시작했습니다. 떨어지지 않을까 하는 조바심을 낼 때마다 삼촌은 높이, 더 높이 비상했습니다.

"얌냔, 저길 봐! 삼촌이 날고 있어! 옴바르 삼촌이 날고 있다고!"

물가에 이르자 난 얌냔에게 소리쳤습니다.

옴바르 삼촌은 곤두박질쳤다가 다시 솟아오르기를 반복하면서 그렇게 내 눈앞에서 멀어져갔습니다. 내 시야에서 벗어날 때까지 옴바르 삼촌은 결코 물 위로 떨어지지 않았습니다. 바람의 속도를 놓쳐서 바다에 떨어지지만 않는다면, 이 세계가 내가 알고 있던 것보다 훨씬 커서 저 멀리 어딘가에도 내가 미처 알지 못했던 마른 땅과 높다란 나무들이 자라는 곳이 분명히 있다면, 삼촌은 먼바다 어딘가에 있을 그곳에 도달할 것입니다.

"잘 가세요. 옴바르 삼촌. '하늘을 걷는 자'."

나는 내 꿈과 그렇게 인사를 나눴습니다. 삼촌과 나는 이렇게 각자가 원하는 삶의 방식을 찾게 된 것입니다.

5. 물 위를 걷는 자

"왜 다시 물속으로 돌아가겠다는 거냐? 왜 패배자가 되려고 하는 거지?"

알바냐 할아버지가 소리치셨습니다.

"패배자라니요! 그들은 패배자가 아니에요. 그들도 살아남기 위해 노력했잖아요."

나는 항변했습니다.

"땅이 솟아오른 것은 일시적인 현상인지도 몰라요. 다리를 가진 모든 이들은 언제나 땅의 변화에 따라서 끊임없이 변화를 겪게 될 거라고요."

나는 내 생각을 알바냐 할아버지에게 말했습니다.

"그건 그들의 생각이야. 그리고 넌 그들이 둘러대는 거짓말을 마치 사실인 것처럼 믿고서 내 앞에서 주절거리는 것뿐이고."

할아버지는 도무지 다른 사람의 생각을 인정하거나 받

아들이려고 하지 않으셨습니다.

"얄바 할아버지가 물 밖으로 나오려고 겪은 수모와 할아버지들이 마른 땅 위에서 살아남으려고 흘린 땀은 무엇 때문이었다고 생각하는 거냐? 우리 할아버지들의 위대한 여정을 그저 그런 하찮은 노력으로 치부해버릴 셈이냐?"

알바냐 할아버지는 내 선택이 틀리고 당신의 선택이 옳다고 얘기하십니다. 자신이 살아온 삶을 빗대어 내 삶도 당신과 같아야 한다고 말씀하십니다.

"하지만 할아버지. 저는 제 삶의 방식을 선택할 권리가 있어요."

"네가 갑자기 왜 이러는지 알 수가 없구나."

할아버지는 실망감을 감추지 못하고 한숨을 내쉬었습니다.

"제가 무엇을 원하는지 찾은 것뿐이에요."

내가 아닌 누군가를 완벽하게 이해할 수는 없을까요? 왜 나와 다름을 인정하기가 어려운지 모르겠습니다. 그렇지만, 어떻게 나와 다름을 인정할 수 있을까요? 누구나 자신이 믿고 싶은 것만 믿으며 이해할 수 있는 것밖에 이해하지 못하는데 말이지요. 그러니 자기 생각만을 강요할 필요는 없을지도 모릅니다.

"네 삼촌이 너까지 이렇게 만든 거냐?"

할아버지는 못마땅한 표정을 지으시며 물으셨습니다.

"옴바르 삼촌은 이제 없어요. 하늘로 날아가 버렸다고요."

순간, 침묵보다 무거운 기운이 주위를 맴돌았습니다.

"내가 그 말을 믿을 것 같으냐?"

할아버지는 의심스러운 눈초리로 나를 바라보시더니 설마 하는 표정으로 고개를 가로저으셨습니다.

"옴바르 삼촌이 하늘을 나는 모습을 제 눈으로 똑똑히 봤다고요."

"옴냠냐야. 현실을 직시해라. 너는 네 삼촌의 눈속임에 속아 넘어간 것뿐이야."

"할아버지는 아무것도 이해하지 못하세요. 아니 이해하려는 노력조차도 하지 않으신다고요."

눈 주위가 후끈 달아오르기 시작했습니다. 입술은 가늘게 떨리고 있었고요.

"이 할아비한테 훈계라도 할 셈인 게냐?"

"할아버지는 결코 진실을 보지 못하실 거예요."

"누구의 진실 말이야? 네 삼촌의 진실 말이냐?"

"전, 제가 원하는 방식대로 살고 싶어요. 저를 이해해주셨으면 해요."

나는 가쁜 숨을 몰아쉬며 말했습니다.

"이해해 달라고? 좋다. 네 소원대로 한번 살아봐라. 언젠가는 땅을 치며 통곡할 날이 올 거다. 그때가 오더라도 나를 찾아올 생각은 꿈에도 하지 마라. 암, 어림도 없지."

알바냐 할아버지의 악담 이어졌고, 난 뒤돌아 걷기 시작했습니다.

동의 없이 행해지는 일방적인 이해는 무관심에 지나지 않습니다. 그러니 나와 생각이 다르다고 해서 상심하거나 원망할 이유 따위는 없지요. 차라리 타인의 시선에 무관심하게 대처하는 편이 나을지도 모릅니다.

"넌 이제 우리 가족이 아니야! 네 삼촌이나 너나 〈변이〉일 뿐이라고! 내 말 알아들었냐?"

내 뒤로 노여움 섞인 알바냐 할아버지의 외침이 메아리치고 있었습니다.

다름을 인정하지 않는 한 이해는 거의 불가능에 가깝습니다. 옴바르 삼촌이나 나의 〈다름〉을 인정하지 못하고 〈변이〉로 치부해버리는 알바냐 할아버지는, 결코 아무도 이해하지 못하실 것입니다. 땅 위를 걷기만 고집하는 할아버지는 결코 마른 땅 전부를 보지 못할 것입니다.

나는 무거워진 마음으로 얌냔에게 돌아왔습니다.

"넌 지금 갇혀 있니?"

얌냔이 물었습니다.

"할아버지는 나를 패배자라고 해."

난, 이제 땅 위에 머무를 수 없을 것입니다.

"네가 내 세계를 받아들일 준비가 되어 있다면 따라와도 좋아. 나를 따라오겠니?"

얌냔이 다시 물었습니다.

"너와 나의 두 세계가 만나면 어떻게 될까?"

나는 얌냔에게 물었습니다.

"불안하니? 하지만 그런 걱정은 하지 않아도 돼."

얌냔은 살짝 미소를 지어 보였습니다.

그러나 나는 내 세계가 부서지는 것을 감수할 만큼 준비가 되지 않았습니다. 아직 경험해 보지 못했던 새로운 일들이 나를 유혹하고 있었기 때문이었지요.

끝도 없이 펼쳐진 이 땅 위에는 내가 할 수 있는 일들이 무수히 많았습니다. 무한한 대지가 펼쳐져 있고 내가 당당히 그 대지를 향해 나아가면, 아직 누구도 가보지 않은 새로운 길을 열 수 있을 테니까요. 나는 마른 땅 위의 진정한 주인이 될 수도 있고, 내 작은 보폭으로 마른 땅의 크기를 잴 수도 있을 테지요. 깊은 계곡 너머는 영광과 환희에 둘러싸인 달콤한 미래를 선사해 줄 것만 같았습니다.

"난, 저 너머 세상의 끝에 가봐야 할 것 같아. 내 두 눈으로 똑똑히 확인하고 싶어. 같이 가줄래?"

"그래."

얌냔은 고개를 끄덕이며 대답했습니다.

난 그녀가 물 밖으로 나오지 못하게 해야 했지만 그러지 않았습니다. 그녀는 자신의 주장을 끝까지 굽히지 않기 때문이었지요. 그렇게 해서 얌냔과 나는 깊은 계곡으로 향하는 긴 여정에 오르게 된 것입니다.

나는 잠시 이루어질 수 없는 꿈을 꾸었던 것 같습니다. 불가능하리라는 것을 알면서도 가능해지기를 갈망했는지도 모르지요. 얌냔이 깊은 계곡 너머로 간다는 것은 너무나 무모한 일이었습니다. '땅 위를 걷는 자' 역시 한 번도 성공한 적이 없는 여정이었으니까요. 얌냔은 내 세계로 들어오려고 자신의 세계가 부서지는 것을 감수했던 것입니다.

나는 지금, 세상의 끝이라고 믿어왔던 깊은 계곡 너머의 풍경을 바라보고 있습니다. 내 눈앞에는 생명이 살아갈 수 없을 정도로 황폐한 붉은 언덕이 끝없이 펼쳐져 있습니다.

푸른 들판 대신, 가뭄으로 갈라진 바닥과 메마른 바람만이 맴돌 뿐입니다.

나는 살며시 손을 내밀어 붉은 언덕에서 불어오는 더운 바람을 잡아봅니다. 손가락 마디마디 사이로 빠져나가는 바람이 느껴집니다.

세상의 끝에 푸른 들판이 있으리라고 믿어왔던 막연한 믿음이 그저 헛된 바람에 지나지 않았다는 것을 깨달았지만, 난 이 사실을 아무에게도 얘기하지 않을 것입니다. 희망이 깨어지는 것을 원치 않으니까요. 어쩌면 진실을 말해 줄 용기가 없는 건지도 모릅니다. 하지만 비밀을 지킴으로써 그들의 행복이 조금이나마 연장될 수 있다면, 누구든 그렇게 하는 것이 옳다고 말할 것입니다.

나는 지금 선택의 갈림길에 서 있습니다. 현실에 안주해야 할지 아니면 또 다른 변화를 시도해야 할지 말입니다. 주위에선 자신에게 주어진 운명에 순응하고 받아들이는 것이 현명하다고 말합니다. 그러나 내가 확신하지 못한 것을 수긍하고 받아들일 수는 없습니다. 그것은 내가 선택한 것이 아니니까요.

누군가 왜 되돌아가려 하는지, 왜 패배자가 되려고 하느냐고 묻는다면 나는 아무런 대답도 할 수가 없습니다. 꿈을 갖는 그 순간부터 '물 위를 걷는 자'로 결정지어진 것일 테니까요. 내 선택을 운명으로 받아들인다면 순응해야 하는 대상도 바뀌게 될 것입니다.

누구나 어떤 점들은 서로 비슷하기도 하고, 또 어떤 점들은 차이가 나기도 하며, 또 전혀 다르기도 합니다. 중요한 것은 차이가 아니라 자신입니다. 자신의 방식으로 살아가는 것이지요. 그것이 때로는 자신의 존립마저 위협하는 상황이 될지라도 그에 따른 책임은 자신의 몫인 거죠.

자연의 위대함은 모든 생명을 동등하게 대하는 데 있는지도 모르겠습니다. 자연은 변할 뿐 절대로 선택하지 않습니다. 생명 스스로 변화에 반응하고 동화될 수 있도록 시간이라는 기회를 줄 뿐이지요. 변화를 받아들일 것인가 받아들이지 않을 것인가를 선택하는 것은 결국 우리들의 몫입니다.

누군가는 더 멀리 갈 것이고, 다른 누군가는 있던 자리에 머무를 것이며, 또 누군가는 살아남지 못할 것입니다. 변화를 받아들이고 몸을 변형시킬 것인가 아니면 살아온 날들에 대한 기억을 고집할 것인가. 그 선택은 무한한 가능성 안에 있습니다. 나와 삼촌처럼 자연의 흐름을 받아들이기만 한다면 누구나 새로운 세상의 흐름에 적응하고 동화될 것입니다. 어쩌면 옴바르 삼촌처럼 하늘을 날 수 있을지도 모르지요.

"자신의 꿈을 향해 당당히 나아가고 자신이 상상한 삶을 위해 열심히 노력하면, 어느새 기대하지 못했던 성공에 도달해 있을 것이다."

얄바 할아버지는 세상엔 오직 한 가지 성공만 있다고 말씀하셨지요. 자신의 인생을 자신만의 방식으로 사는 것이라고 말입니다.

옳은 말입니다. 성공한 삶이란 방식의 차이에 있는 것이 아니라 진정한 자신의 모습을 찾는 것일 테니까요. 먼 훗날, 지금의 내 선택도 얄바 할아버지의 선택처럼 누군가에게는 의미 있는 기억으로 남을 날이 올 것입니다. 그러나 결정의 순간이 오면, 괜한 걱정과 망설임이 머뭇거리게 하지요. 그래서 아무런 도움이 되지 못할 것을 알면서도 조언을 구하게 되고요. 선택에 대한 책임은 자신에게 있다는 것을 잘 알면서도 누군가에게 기대고 싶은 바람이 생기나봅니다.

나는 그저 한마디만 듣고 싶을 뿐입니다. '당신은 할 수 있다.'라는 말입니다.

여기와 이어진 저기

— 임동일의 〈가면의 도시〉 연작을 읽고

노지영

문학평론가

1. 상상과 일상

상상이 일상이 되었다. 코로나 이후, 디스토피아 서사는 스크린과 텍스트를 튀어나왔다. 안간힘을 써서 이상적인 세계로 나가려는 노력들은 일순간 정지되었다. 인간의 힘으로 어찌할 수 없는 대재난의 암울한 공포 속에서 우리는 확진자와 사망자의 숫자를 확인하며, 하루를 시작한다. 세계의 끝이 우리와 이렇게 가깝게 연결되어 있었다는 걸 실감하면서, 잠이 든다.

충격의 크기만큼 자성의 목소리도 깊다. 인류 문명과 인간성의 문제를 근본적으로 성찰하자는 움직임도 활발하

다. 한편에서는 이 지경이 되어서야 뒤늦게 이런 문제를
조명한다며, 기존의 협소했던 시야에 안타까워하는 목소
리도 들린다. 그러나 이런 인간 본질의 문제들은 오래전
부터 다양한 방식으로 조명되고, 또 경고되어 오지 않았던
가. 적정한 교차점에서 대중과 강렬한 사건으로 체감되지
못했을 뿐이다.

　오늘날과 같은 과잉정보시대에 각자 이해관계가 다른
대중독자들과 이런 인간의 문제들을 진지하게 공유한다
는 건 쉽지 않은 일이다. 그럼에도 포기하지 않고, 미래의
한계상황 속에서의 인류에게 도래할 윤리적 질문들을 대
중에게 가장 성실히 물어온 영역이 있다면 바로 SF 분야
라 할 수 있을 것이다. 경이감(sense of wonder)과 친화력, 위
기상황에 대한 공감력으로 그 외연을 넓혀가며, SF 문학은
다양한 실험 속에서 가장 적극적으로 문명 담론에 비판적
개입을 해왔던 장르다.

　아직도 SF라면 본격문학 주변의 장르물로 인식하는 사
람이 많다. 인식의 새로움을 주는 본격문학과 달리, 이
런 장르물은 대중의 소비적인 취향에 영합하여 내용적으
로나 형식적으로나 '클리셰'로 점철되어 있다고 생각하
는 깊은 편견들도 실재한다. SF라는 말 자체가 'Science

Fiction'의 약자이기 때문일까. SF는 인문적 사고와는 대치되는 '자연과학'적 호기심을 개연성 없는 공상으로 전개시킨 장르라고 고정관념을 갖는 것이다. 그러나 여기서의 'Science'는 자연과학에만 국한되지 않는다. 자연과학적 합리성을 기반으로 하여 인문과학, 사회과학을 포괄하는 개념으로 이해하는 것이 옳다. 실현될 가능성이 있는 그 모든 세계를 논리적으로 재구성하며, SF 장르는 오늘날 불길한 미래 사회와 인간의 문제를 설득력 있게 논쟁해가는 가장 진취적인 사회학으로 부상 중이다.

임동일의 소설 「마지막 임무」는 〈가면의 도시〉라는 SF 연작소설 중 하나이다. 작가 스스로가 작품 의도에서 밝혔듯이 이 소설은 "지난한 전쟁 상황에서 비윤리적인 임무를 맡게 된 개인"을 통해 "윤리적 갈등과 고뇌, 전쟁과 인간성의 본질을 탐색하는 이야기"이다.

'가면의 도시'라는 연재물의 전모가 다 드러나지는 않았지만, 작가가 택한 연작소설이라는 과정적 형식도 흥미롭다. 연작형식이라는 것은 닫혀 있으면서도 열려 있는 형식적 특징을 보인다. 시리즈성의 유기적인 형식에 기반한 '내부적 강제'가 연작 전체에 작동하면서 각개 작품의 미완적 불연속성들은 '외부적 개방'을 지향하는 형태다. 이

두 가지 형식적 방향이 연작소설 내에서 교차하고 충돌하면서 인간에 대한 태도나 세계에 대한 인식 같은 내용적 가치의 향방도 드러나게 된다.

2. 같으면서 다른 길 - 「마지막 임무」

과정적 형식으로서의 연작소설 중 하나인 「마지막 임무」는 인식론적인 시간여행 서사(time-travel narrative)의 특성을 잘 보여준다. 화자인 '나'(대령)는 텔레프레젠스(원격현전) 기술로 도시연합의 사령관에게 명령을 하달받는다. 2주 후에 뉴트럴왕국에서 제국과 도시연합 지도자들의 평화회담이 있을 예정이므로 그곳에 비밀병기를 싣고 가서 도시연합의 지도자들이 위험해지지 않도록 만일의 상황을 대비하라는 임무다. 평화회담이 결렬될 경우, 도시연합은 비밀병기인 판도라를 회담 장소에 투하해야 한다. 함장인 '나'는 얼음협곡이 있는 공중도시에 가서 판도라라는 병기와 그것을 만든 K박사를 함선에 싣고, 회담 장소인 뉴트럴 왕국을 향한다.

그 과정에서 등장하는 이 소설의 가상적 장치들은 비교

적 SF적 문법을 충실히 따르고 있는 것으로 보인다. 대기를 가로지르는 공중함선같이 스팀펑크적 세계관을 드러내는 군사 무기 자체가 이 소설의 주요 공간 배경이 된다. 시공간 제약이 없이 가상세계의 홀로그램을 통해 소통하는 텔레프레전스 시스템도 낯설게 등장한다. 제국과 도시연합 전쟁이 벌어지는 시공간의 설정도 초역사적이면서 무국적적인 느낌을 준다. 대개의 SF 장르물이 그러하듯이 현재의 기술로서는 재현불가능한 세계가 외삽(extrapolation)되어 있는데, 이런 이격화된 시공간이 탈속성의 감각으로 이어지는 게 아니라, 세속성의 가속화된 형태로 나타나는 것이 이 소설의 포인트다.

전역 직전 마지막 임무를 수행해야 하는 이 시간여행 서사에는 낯설면서도 어디선가 본 듯한 장면들이 등장한다. 과거 문명사의 상흔을 환기시키기에, 과학기술이 발전한 미래 서사는 독자에게 불길한 기시감을 준다. 제국과 도시연합의 대립은 대확장과 신세계 정복이라는 욕망으로 점철된 과거 문명 서사의 연장선에 있다. 또한 위험지대를 통과하여 마지막 임무를 수행해야 하는 공중함선이라는 물체는 화자인 함장의 신체성과 연속되어 있어, 독자들에게는 낯설면서도 친숙한 공간으로 느껴진다. "일정한 목적 아래" "나와 내 함선은 유기적인 관계"로 작동하게 되는데, 이러한 유기성은 과학기술 문명 앞에 오늘날 동시대의 인간들이 느끼고 있는 양가적 감정들을 환기시키기 때문이다. 과학기술이 예측범위 내에서 유기적인 작동을 할 거란 믿음으로 인류 문명사가 발전해왔지만, 그런 과정 속에서 인간은 객체화될 가능성이 농후하다. 권력 욕망의 합목적성 하에 인간은 유기적으로 가동되는 부품으로 전락할지 모른다. 실제 세계의 동시대인이 우려하는 미래에 대한 공포는 이런 가상세계의 현실과 뒤섞여 있다.

이 소설에는 두 개의 전쟁 무기가 대비되어 제시된다. 그 하나가 공중함선이다. 앞에서도 말했지만, 이 함선이라는 "거대한 기계덩어리"는 함장이라는 한 인간의 연장된 신체와도 같다. 도시연합의 과학과 첨단기술의 결정체인 함선이지만, 그것은 인간이 주체가 되어 지휘하는 군사 무기이기에 인간과 그 운명을 같이 한다. 함선이 점점 균형 감각을 잃고 운행이 불안정해질수록 그리하여 그것을 운전하는 함장이라는 한 인간의 내면의 불안정성도 동반된다. 선원들이 기이한 괴생명체 판도라의 공격을 받아 죽임을 당하면서, 전쟁에 대한 함장의 선명한 목표성도 점차 훼손되는 양상을 살펴볼 수 있다. 함선 운항의 곤경이 심해질수록, 인간의 윤리에 대한 '나'의 사유도 점차 적극적으로 개방되면서 말이다.

그러나 다른 한 편에 K박사가 탄생시킨 '판도라'라는 전쟁 무기가 있다. "유기체이며 기계인 동시에 생각하는 존재"로 소개되는 판도라는 인간의 운명과 별개로 작동하는 비인간 행위자이다. 그것은 인간에게서 나왔지만 인간이 "통제할 수 있는 범위를 넘어선" 절대 생명체이며, 무한한 생명력을 지닌 존재다. '그녀'라는 여성성으로 지칭된 이 생명체는 신속하고 정확한 판단이 필요한 전시상황에서 더욱 위협적으로 다가온다. 한눈에 그 성격이 포착되지 않으며, 외양도 예측할 수 없이 빠르게 변이한다. 자가증식은 물론 출산 가능한 성격으로 신비롭게 타자화되는 판도라라는 크리처는, 모든 생명의 피를 에너지로 삼아 아군을 무차별적으로 공격한다.

마지막 임무를 수행하는 과정에서 전쟁 또한 두 가지 양상으로 펼쳐진다. 통치권력을 획득하기 위한 외부의 전쟁과 함선 안에서 발생하는 내부의 전쟁이 바로 그것이다. 판도라를 투하하라는 마지막 임무를 부여한 '사령관'과 함선에 동승하여 "왠지 모를 동질감" 속에서 교설을 거듭했던 'K박사'는 도시연합과 제국이 대결하는 외부적 전쟁에서는 동료이자 전우로 존재했다. 그러나 판도라라는 비밀 병기를 사용하는 방향이나 전쟁의 명분에 있어서는 주인 공과 극렬한 차이를 보이는 적대자로 위치한다.

이런 적대자들 속에서도 주인공 '나'의 인간성을 잃지 않게 하는 것은 바로 '기억'이라는 장치다. 판도라라는 무기가 함선의 선원들을 무차별 살육하며 자기 몸집을 키워나갈 때, 주인공 '나'는 기시감을 느낀다. 오래 전 '방문자호'의 살육 상황과 외상 경험을 떠올리게 되는 것이다. 과거 외상의 기억은 현재의 살육 경험과 결합되면서, 맹목적으로 전쟁에 참여하는 사람들과의 차이를 생성한다.

"자, 이제 어디로 갈까?" 평화라는 가면을 쓰고, 교전을 일삼는 공간에서 벗어나 주인공 '나'는 다시 돌아갈 고향을 꿈꾼다. 그리고 판도라라는 무기처럼 파괴와 절멸의 디스토피아로 폭주하는 이들 사이에서, 다시 외상의 경험을 반복하지 않겠다고 항명한다. 전쟁은 계속될 것이고, 딜레마 상황 속에서의 최선의 선택은 결국 '나'와 내 함선을 파괴하는 것으로 귀결될지 모른다. 그럼에도 "산 자와 죽은 자"들의 홀로그램 속에서 세상의 종말을 지연시키는 방법을 스스로 생각해 보는 것은, 그것이 '인간'이란 종에게 주어진 '마지막 임무'이기 때문이다. 이것은 권력의 명령 속에 하달된 '마지막 임무'가 아니라, 인간의 자기 윤리를 지켜나가는 차원에서의 '마지막 임무'이다.

'악의 평범성'에서 탈출하여 스스로의 윤리를 생각해 보는 것, 대타자의 통치적 합리성에서 벗어나 '자기 통치의 기술'을 사유해나가는 길, 함선의 경로는 주인공의 내면의 목소리 속에서 그렇게 변경된다. 설령 그것이 환영이라 할지라도, 다치고 부서지면서, 인간성의 고향으로 향하게 된다.

3. 가면과 맨 얼굴 - 「진실의 조각」

「마지막 임무」가 목표성에 도취된 인간의 행위를 '기억'을 통해 의심해가는 여정의 SF 서사라면, 소설 「진실의 조각」은 그 '기억'조차도 의심하며 잃어버린 '나'의 진실을 갈구해가는 여정의 환상 서사다. 두 소설 모두 여로형 구조를 취하는데, 현재의 결여된 것, 잃어버린 것들에 대한 내적 욕망이 이 여행들을 이끄는 동력이 되고 있다.

「진실의 조각」의 주인공 '나(K)'는 아내와의 관계에서 의사소통의 장애를 겪고 있는 인물이다. 다른 이들과의 일반적 소통과는 달리, 아내의 목소리만 소음 반응으로 인식되는 병증을 앓고 있다. 의사소통을 시도할수록 병증은 심화되고 아내와의 관계는 악화된다. 자기를 드러내기 위해 의사소통을 하려는 순간, 주관적 가치체계와 선택적 지각으로 인해 진실이 왜곡되는 것을 반복적으로 경험하면서 말이다. 그 반복이 강박을 불러와 작위적인 상상이 이어지면서, 아내와의 관계는 더욱 손쓸 수 없는 지경이 되었다. 상황 개선이나 병리적인 치료가 원활하지 않은 상황 속에서 주인공은 '가면의 도시'로의 여행을 감행한다. 자신의 부재에 대한 타인의 반응에 호기심을 가지고, 또 가면 속에서 아내와 대화하면 일말의 진실을 찾을 수 있을 것이라 기대하면서 주인공 K는 자신을 은폐할 수 있는 가면을 쓴다. 그리고 현실세계로 귀환한다.

그러나 가면을 쓰고 돌아온 귀환자의 삶은 더욱 혼란스럽다. 사회적 거리 안에서 확인하고 싶었던 것이 객관적인 사실 정보였는지, 아니면 상대에 대한 진정성이었는지도 불분명하다. 원활하게 의사소통을 하다가도 상대와의 의사소통에서 진정성을 기대하는 순간, 화자의 의사소통은 다시 실패로 돌아간다. 그 과정에서 상대가 사실적 진실보다 자신이 믿고 싶은 것 위주의 심리적 진실을 선택한다 느꼈을 때, '나'는 도발된다. 진실이 무엇인지에 무관심하거나, 기억에 집착하지 않는 무성의가 느껴질 때 이런 분노는 가면 뒤에서 절제되지 않는다. 주인공 '나'는 가면의 익명성을 통해 타자를 응징할 에너지를 얻는 것이다. 관계적 책임이 없다고 생각하는 순간, 익명성은 폭력의 날개를 단다. 살해조차 손쉽다.

불통의 파국은 여기서 그치지 않는다. 가면을 쓴 '나'는 지인 J와 아내를 살해하였다고 고백하지만, 이는 사건을 처리해야 하는 경찰에게는 개연성이 없는 정보다. 살해 동기가 없는 이의 효력 없는 진술일 뿐이라, 주인공은 용의자 선상에서 검토되지도 않는다. '나'의 실체적 진실은 경찰에게는 공무집행을 방해하는 소음일 뿐이다. 사건의 관계자였던 '나'의 목소리는 이렇게 주변부의 소음으로 점차 밀려 나간다. 호기심을 가지고 외부에서 관찰하고 싶었던 세계였지만, 오히려 내부의 관계에서 완벽하게 쫓겨난 모양새인 것이다. 관계 안에서 자기를 발견할 수 없게 되면서, 주인공은 절규한다. "도대체 그럼 난 누구란 말이오? 나는 누구냐고요!"

나를 드러낼 수 있는 것은 과연 무엇인가. 이 소설은 가면이라는 유혹적 장치를 통해 '나'의 정체성과 인간에 대한 진실이 어떤 방식으로 존재할 수 있는지를 끈질기게 묻는다. 자신의 본래성을 은폐하는 가면을 쓰고 타자의 본심과 진실을 찾아가는 역설의 여정은, 인간 스스로가 감당해야 할 고통의 실체들로 도열되어 있다.

　작가가 쓴 연작소설의 총칭처럼, 세계는 전방위적 '가면의 도시'다. 화자인 '나'만 가면을 쓴 것이 아니라 타인들도 어느 정도는 가면을 쓰고 있다. 사람들은 사회적 친소도에 따라 좀 더 스스로의 욕구에 충실한 맨 얼굴을 드러내기도 하지만, 때로는 사회적으로 유지해야 할 자아상 뒤에서 자신을 은폐하기도 한다. 그래서 가면을 쓴 채 친밀한 대상의 본심을 알아내는 것은 어려운 일이다. 아니, 불가능하다. 자신이 가면을 쓴 순간, 상대와의 관계성은 다른 차원으로 들어서게 되므로, 상대도 가면을 쓴 자에게 충실할 필요가 없어지기 때문이다. 가면 쓴 자 앞에서는 진실을 말해야 할 의무도 없고, 관계에 책임을 져야 할 필요도 없다. 듣고 싶은 진실은 아무리 강하게 추궁하여도 원하는 방향대로 나오지 않는다. 그렇게 관계가 희미해지면, 진실한 의사소통의 동기도 희미해진다. 의사소통은 단절되고, 주인공은 결여된 진실 속에서 남의 가면을 훼손하며 분풀이를 해 보는 게 다다. 어떤 기억들을 조합해봐도 나라는 정체성을 설명할 수 있는 '진실의 조각'은

맞춰지지 않는다.

인간이라는 종은 관계성에 따라 가면을 쓰기도 하고 벗기도 하며 사회적 긴장을 유지한다. 그런 가면과 맨 얼굴 사이에는 '틈'이 있다. 그 틈을 유지하면서, 자신의 선택에 의해 언제든 벗을 수 있을 때 가면은 비로소 매혹적인 것이다. 인간 주체의 손이 들어갈 수 있는 그 틈이, 가면과 맨 얼굴 사이에서 분열된 인간을 버티게 한다. 그러나 가면과 맨 얼굴 사이의 틈을 찾을 수 없을 때, 인간의 비극이 시작된다. 가면이 자신의 맨 얼굴과 완벽히 밀착되어 가면의 가장자리를 아무리 더듬어도 더이상 가면을 벗을 수 없을 때가 오는 것이다. 이 소설에서처럼 살해와 같은 비인간적인 행위를 거듭하며, 일시적으로 쓴 가면이 영구적인 가면으로 변하게 되어버리는 설정은 그래서 더욱 의미심장하다. 자연사의 인간질서와 다른 형태로 얼굴부터 변이를 일으키며, 그렇게 인간은 비인간으로 변화해간다.

4. '가면'이라는 웜홀

소설 「진실의 조각」은 사회적 가면에 대한 우화처럼 읽히기도 하고, 병증에 대한 심리적 실재를 파헤치는 분열증의 리얼리즘으로 읽히기도 한다. 독자들이 이 소설을 어떻게 읽어나갈지에 대한 정답은 없다. 다만 우리 안의 가면성이 인간 종의 변이를 일으키며 비인간의 세계를 열어갈 것이라는 경고, 인간의 도시에서 추방되어 우리 모두가 비인간의 도시로 갈지 모른다는 작가의 예언적 메시지에 겸손히 귀 기울이는 것이 보다 현명하리라.

작가 임동일은 이런 '가면의 도시'를 배회하는 인간들의 모습을 앞으로도 더 연재해갈 것 같다. 그의 작업에서 '가면의 도시'는 가상, 환상의 차원을 통해 제시되면서, 오늘날의 현실 세계의 가면성을 드러낼 것이다. 그 안에서 가면은 관계와 인식의 차원을 변화시키는 하나의 막으로 존재한다. 이 가면의 막을 통과하며, 여기의 서사는 저기의 서사로 이어지는 것이다.

이 도시의 이야기는 저 도시의 이야기로 차연되고, 그 도시들은 다시 인간의 고향으로도 향하게 된다. '가면의 도시' 연작물을 읽는 독자들은 인간성의 다른 차원을 개방하는 가면의 웜홀 앞에서, 끝나지 않는 두려움과 조우하게 될 것이다.

창작 활동은 미지를 탐험하는 여행과도 같습니다.

새로운 길을 탐험하고 자신만의 길을 개척하는 과정, 그래서 궁극적으로 진짜 나를 만나게 되는 여정입니다. 또, 자신에게 던진 질문에 대한 답을 찾아가는 과정이며, 나와 맞닿은 세계의 틈새를 채우는 일이기도 합니다.

여정을 시작한 지 오래되었지만, 방향을 잃고 표류하며 많은 시간을 허비했습니다. 그래도 다행스러운 점은 여행을 지속하게 하는 단서를 찾았다는 것입니다.

갈 곳이 정해졌으니, 앞으로는 조금 더 속도를 높여야겠습니다.

2020년 여름
임동일

경驚.기記.문文.학學 40

진실의 조각

임동일 소설집

초판 1쇄 발행 2020년 9월 15일

지은이   임동일
펴낸이   김태형
펴낸곳   청색종이
등록   2015년 4월 23일 제374-2015-000043호
주소   서울시 영등포구 문래동2가 14-15
전화   010-4327-3810
팩스   02-6280-5813
이메일   theotherk@gmail.com

ⓒ 임동일, 2020

ISBN 979-11-89176-40-2 03810

이 도서의 국립중앙도서관 출판예정도서목록(CIP)은 서지정보유통지원시스템 홈페이지(http://seoji.nl.go.kr)와 국가자료공동목록시스템(http://www.nl.go.kr/kolisnet)에서 이용하실 수 있습니다.(CIP제어번호: CIP2020036251)

이 도서는 경기도, 경기문화재단의 문예진흥기금으로 발간되었습니다. 저작권법에 따라 보호받는 저작물이므로 저작권자와 출판사의 허락 없이 복제하거나 다른 용도로 사용할 수 없습니다.

값 10,000원